邮差

畀愚 ● 著

天津出版传媒集团

百花文艺出版社

图书在版编目（ＣＩＰ）数据

邮差 / 畀愚著. -- 天津：百花文艺出版社，
2018.3

ISBN 978-7-5306-7401-7

Ⅰ.①邮… Ⅱ.①畀… Ⅲ.①中篇小说-小说集-中国-当代 Ⅳ.①I247.5

中国版本图书馆CIP数据核字(2017)第328274号

选题策划：徐晨亮　　　　　装帧设计：郭亚红
责任编辑：刘　洁

出版发行：百花文艺出版社
地址：天津市和平区西康路 35 号　邮编：300051
电话传真：+86-22-23332651（发行部）
　　　　　+86-22-23332656（总编室）
　　　　　+86-22-23332478（邮购部）
主页：http://www.baihuawenyi.com
印刷：天津海顺印业包装有限公司分公司
开本：787×1092毫米　　1/32
字数：94 千字
印张：6.375
版次：2018 年 3 月第 1 版
印次：2018 年 3 月第 1 次印刷
定价：34.00元

另一个时代留下的叠影(自序)

在中国的历史上,有两个时代特别让我着迷。一个是战国,另一个是民国。它们有一个最重要的共性——战乱,同时思想又是空前开放,群星璀璨,百家争鸣。这两个时代共同向我们印证了一句话——这是最好的时代,这是最坏的时代。

事实上,这句话也似乎适合于任何一个时代。

十年前,我开始创作以民国为背景的小说。现在,这些小说大都被贴上了"谍战小说"的标签。借此机会,我想再次重申——我坚定地认为我写的只是谍战者的片断人生,它可以发生在那个时代里的任何一个人身上,也可以发生在任何一段动荡的岁月里。

写《邮差》的时候,我正好在上海念书。一次经过常德路,见到张爱玲曾住过的那幢常德公寓,远远看去它已经毫不起眼,但我知道当年它叫爱丁堡公寓,我还知道胡兰成第一次登门拜访不遇，他在门缝里塞了张纸条……

当时就有个念头，写一个发生在那个年代、那个地方的那种故事，不光是因为对那个年代、那个地方有种久违了的好感。

一个邮差的形象就是那样开始日渐清晰——他骑着自行车穿行在旧日上海的街巷，那些应有的景致与声音，跟他的车轮一起，每天在我脑际盘旋。那时的上海应该是中国最错综复杂的一块地方，在一个惊涛骇浪与潜流暗涌并存的时代里，背景的色彩常常让人有种掩盖故事的错觉。

然而，即便是最复杂的人生也不能妨碍单纯情感的滋生。小说里的仲良就是这样，从第一眼开始，他对一个女人的爱恋就延续了他的一生，同时也因此不断改变着他命运的轨迹。所以，我有勇气说这是一个关于爱情的故事，也是一个关于信仰的故事。如果可以，我想以此作为对一种人生的缅怀与敬意。

这个小说后来获了不少奖项。当初发表时，我把它命名为《邮递员》，直到将此改编为剧本的某一天，忽然发现犯了一个常识上的错误——邮递员是新中国成立后才有的称谓，是与售货员、驾驶员等并称的"八大员"中的一员。

所以，我要特别感谢百花文艺出版社，让我有机会正式地纠正这一错误。这对写作者无疑也是一个极好的自省。

在过去的一年多时间里只要打开电视，就有一些特定的词汇几乎每天灌入耳朵。比如说"萨德"，比如说"干政门"……那段时间里，还有一部挺不错的韩国电影《男与女》，还有许多女人在追剧的《太阳的后裔》。

《氰化钾》就是在那一刻重新跃上脑际的，从早已被搁置到几乎遗忘的心底角落里。因为在之前很长的时间里，我都没想好怎样不露声色地去处理这对异国男女的情感——那种在离乱人生表象之下的，微不足道的，却又深入骨髓的男女情愫。

看似的淡忘，有时只是在为内心里的潜行找一个借口。

自 2007 年以来，我一直坚持在写以民国为背景的中篇，并且认为这是个人对小说电影化写作的某种尝试。直观地说，一个中篇四万字，差不多就是一个电影剧本的容量，连着读完它大概需要两个小时，也恰好是一部电影的放映时间。

现在，我有理由说《氰化钾》或将成为我此类创作中的最后一个中篇。十年一晃而过，对一个过往年代的回望也应该告一段落。虽然，仍难免会有人在不经意间，会在一个时代的背后见到另一个时代留下的叠影。可是,很多时候,创作者总是那么地喜欢沉迷在一种不适时宜的记忆里。

再次感谢百花文艺出版社将这两部小说结集出版。从某种意义上说,它们一前一后见证了我的这个十年。

昇愚

2017 年 9 月

目 录

邮

差

一

徐德林死于非命的时候，儿子仲良正在学校的小礼堂排练《哈姆雷特》。

连着半个多月，校剧团的同学们一到晚上就站在昏暗的舞台上长吁短叹，慷慨陈词。仲良扮演的是挪威王子福丁布拉斯。由于戏份儿少，他从图书馆里找来一本《哈姆雷特》的原著，靠在舞台的一根柱子前，一字一句地默念。仲良不喜欢演戏，他喜欢的是英语。

要在上海滩出人头地，首先得会一口流利的英文。这是留洋归来的教导长对学生们常说的一句话，他有时候也兼授英语与白话文写作。不过，仲良想得没那么深远，他只想在毕业后能进洋行当职员，每天穿着西装，打着领带，把头发梳得锃亮，这对于一个邮差的儿子来说就是出人头地。可到了第二天黄昏，仲良一下意识到自己的梦想破灭了。

教会学校的食堂同时也是学生们的礼拜堂，正中的墙上挂着漆黑的十字架。就在大家坐在餐桌前合手支着下巴做餐前祷告时，校工领着一个穿灰布短袄的男人进来，匆匆走到仲良跟前。

仲良认出那是静安邮政所的门房周三，然而，脑子里浮现的却是父亲那张苍白的脸。等他跟着周三出了校门，上了等在那里的黄包车赶到家，看到的是父亲直挺挺躺在门板上的尸体。徐德林穿着一件这辈子都没人见他穿过的缎面长衫，脸上还施着一层淡薄的脂粉，他就像个睡着的戏子。

按照巡捕房的说法，徐德林死于抢劫，北边过来的流民实在太多，现在的租界再也不像过去那样太平了。可次日的《上海泰晤士报》一个好事的记者却认为另有隐情，抢劫不同于绑架，谁会为了抢劫一个邮差而在绑架了他两天后再把他杀死？报纸为了配合这篇文章，还在边上登了一张照片——一个面目不清的男人敞着邮差的制服歪倒在一个花岗岩台阶的门洞里。

仲良一眼认出那个地方是小德肋撒堂的大门口。多年来，徐德林每个礼拜天都会去那里做弥撒，有时候也会带着儿子。他进忏悔室的时候，就让儿子去门口，就坐在那些花岗岩的台阶上。仲良还记得父亲有一次从里面出来后，站在台阶上忽然拉起他的手，认真地对他说，要记住，在上帝面前，人生而平等。

没有人知道徐德林什么时候入的教，但他在教堂里的样子比任何一个天主教徒都要虔诚。有段时期，在外面忙了一天回到家里，吃完喝完了，对面电车场上下班的铃铛都摇过了，他还躺不下去，非要蹬着那辆破自行车去教堂，说他的主在等他，他要去忏悔。

徐嫂终于在一天晚上忍不住了，坐在床沿上冷冷地看着他，说，你的主又不是野鸡。徐德林一下没听清楚，手把着门闩扭头看着妻子。徐嫂就对着他的眼睛又说，只有野鸡才在半夜里等你。

徐德林听明白了，没吭声，只是深深地看了她一眼，轻轻地拉开门走出去，反身又把门小心翼翼地带上。

徐德林在外面有女人，而且不止一个，这在静安邮政所里是公开的秘密。租界里住着那么多海员的妻子、有钱人的姨太太以及他们包养的舞女，邮差把信送到这些人家里，也有机会把自己送上她们的床。寂寞的女人需要慰藉，而邮差更需要钱来贴补家用，光靠那点薪水，徐德林根本无法把儿子送进寄宿制的教会学校。

为了儿子,徐嫂忍耐着。忍耐让一个女人的目光变得深不可测。

小德肋撒堂的布朗神父主持了葬礼前的弥撒,就在万国殡仪馆一间窄小的偏厅里。这个满脸皱纹的英国人来中国传道已有三十年,在上海也待了近十年,却怎么也学不会这里的吴腔软语。他捧着《圣经》用一口地道的天津话念了段《马太福音》后,眯起灰蓝的眼睛,盯着躺在棺材里的尸体看了一会儿,伸手在胸口画了个十字,缓缓地吐出两个字:阿门。

教友们围着棺材开始吟唱赞美曲。徐嫂忽然一把抓住儿子的胳膊,睁大眼睛瞪着里面那些表情肃穆的女人,身体却在发抖,但还是拼命地咬紧了牙关。徐嫂坚信丈夫暴死街头跟此刻这些低声浅唱的女人有关。

徐德林死得很惨,虽然皮肉上看不出丝毫伤痕,可在擦洗尸体的时候,入殓师发现他的两个睾丸都碎裂了,挂在裤裆里就像一个没有熟透的柿子,而且十个脚指头上有九个脚指甲不见了,但真正要了他性命的是后脑勺上那个洞。

入殓师找来两块抹布才把这个窟窿填满,然后使劲撬开徐德林的嘴,按照习俗把一枚铜钱放进去。入殓师的眼睛又一次直了。他回头看看像木头一样呆立着的徐嫂，犹豫了一下，说，你得让人买副门腔去。徐嫂如同聋了。入殓师站起来，一边擦着两只手，一边又说，舌头都没了，你让他到了下面怎么去喊冤？

徐嫂自始至终没有掉过一滴泪，也没号过一嗓子，她只是咬紧了牙齿。一直到两个穿白衣的殡葬工进来盖上棺盖，推走，她忽然扭头扑向神父，一下跪倒在地，双手紧抓住他长袍的下摆，用凄厉的声音叫道，巡捕房不管，你们的主也不管，你们叫我怎么办？叫我的儿子怎么办？

布朗神父仰头长吐一口气，连着在胸口画了两个十字后，把手放在徐嫂头上，闭上眼睛说，让他在天国安息吧。

事实上，布朗神父是第一个发现徐德林尸体的人。那天早上，他跟往常一样拉开教堂的大门，拿着扫帚刚跨出去就见到了歪在一边的徐德林。神父起初还以为是个一夜未醒的醉鬼，就说了声天亮了。可等凑过去看清徐德林的脸，他的嘴一下张开了，赶紧扭头朝四周张望。四周空空荡荡，是天色将亮未亮的时候，电线杆上的路灯却已经熄灭。

布朗神父用他灰蓝色的眼睛又把马路扫视了一

阵后,慢慢蹲下去,伸手在徐德林鼻子底下试了试。上过神学院的人都是半个医生,他飞快地把徐德林的尸体检查了一遍,起身跑下台阶,跑到马路对面,敲开一扇紧闭的门。布朗神父多少是有点慌张的,急促地说,快去巡捕房,去叫他们来。

当巡捕蹬着自行车赶来,小德肋撒堂的门洞前已围满了人。每个看过尸体后脑勺那个窟窿的街坊都认为这就是传说中的"开天窗",跟"种荷花"一样,是沪上的帮派内部在执行家法。布朗神父一言不发,他一动不动地站在尸体边上,就像一尊黑色的雕塑守在天堂门口。一直到巡捕用一条白色的床单裹着尸体抬走,他的眼光才落到那个角落。

一名巡捕跟随他的目光也看了眼,说,还好,地上没血迹。说完,他转身朝台阶下的围观者挥了挥手,说,散吧,都散了吧,不要轧闹猛了。

二

　　除夕之夜,徐嫂摘掉插在头发上的那朵白花,举着一壶烫好的酒,把桌上的三个酒杯依次斟满后坐下,对着自己面前这杯酒呆看了好一会儿才拿起来,抿了一小口,慢慢仰起脖子,像个男人似的把酒一饮而尽。

　　仲良用一种诧异的眼神看着她。在他印象里母亲是滴酒不沾的,他的父亲也一样。

　　徐嫂放下酒杯,说,今天是你爸断七的日子。

　　仲良没做声,目光从她脸上移到墙上,那里挂着父亲的遗像。徐德林在电灯光的阴影里展露着电影明星般的微笑。

　　徐嫂顺着儿子的目光,看着照片里的丈夫,又说,妈想回老家,你跟妈一起回去吧。

　　仲良扭头,看到母亲脸上有种表情转瞬即逝。

　　在这里我养不活你。徐嫂说着,拿起一边的酒壶给自己的杯里满上,但她没有去碰酒杯,而是低下脑袋,像是对着杯中的黄酒说起了那个仲良从没去过的老家的小镇,那里有条河,河上有座桥,她的家就在桥畔的银杏树下,隔壁开着家竹篾铺。徐嫂说,我十八岁跟你爸来上海,我以为这辈子都不会回去了。

仲良从没见过母亲如此唠叨。他忽然说,我去能干什么?

学份手艺。徐嫂总算抬起头来,看着儿子,犹豫了一下,接着说,我给你找了个师傅,是个篾匠。

仲良说,我要念书,还有两年就毕业了。

徐嫂说,你得养活自己。

仲良不说话了。

好一会儿,徐嫂叹了口气,又说,你长大了,你要懂事。

整个晚上仲良再也没说过一句话,他蜷缩在阁楼上的被窝里,听着寒风贴着屋顶刮过,风中还有远处传来的声声爆竹声。

第二天,仲良一起床就见到一个身穿长衫、头戴礼帽的男人敲门进来。他的脸上挂着浅淡的笑容,一手提着糕点,一手摘下礼帽,站在屋里彬彬有礼地对着徐嫂躬了躬身后,朝仲良点了点头,温和地说,仲良吧？

徐嫂说，你是谁？

我是老徐的朋友，我姓潘。说着，潘先生把糕点与礼帽一起放在桌上，走到遗像前深深地鞠了三个躬后，慢慢转过身来，脸上的微笑不见了，说，我来看看你们，给你们拜个年。

徐嫂说，可我们不认识你。

潘先生轻轻叹了口气，说，认识的未必是真朋友。说着，他从口袋里掏出一个纸包放在桌上，看着仲良，又说，这是你下学期的学费，为你爸，你要好好念书。

仲良站着没动，他在潘先生右手的中指上看到一块淡淡的墨痕，就觉得他应该是学校里的教员，或是报馆里的编辑。只有每天拿笔的人才会在中指间留下这样的痕迹。仲良不相信父亲会有这样的朋友。他说，我不要你的钱。

潘先生问，为什么？

仲良反问，你为什么要给我钱？

因为你需要。潘先生说着在一张凳子上坐下，想了好一会儿，仰脸看着站在眼前的这对母子，说杀死老徐的凶手是日本人，他死在虹口的日本特务机关里。潘先生还说老徐在死前经受了严刑拷打，他是自己咬断的舌头,因为他怕会说出不该说的话。母子俩惊呆了,一直等他讲完,还愣在那里,目不转睛地看着他。潘先生等了会儿,不见母子俩出声,就又说,这就是事情的真相,你们有权知道真相。

说完,他还是不见母子俩有动静,就拿起桌上的礼帽起身准备离去。

仲良忽然说,他只是个邮差,他有什么话比他的命更重要?

他是个邮差。潘先生回过头来,说,他还是个不想当亡国奴的中国人。

徐嫂从十六铺码头下船,搭乘一条货轮回了老家。在那里,有一场简单的婚礼等待着她。她要去嫁给那个篾匠,去做他两个女儿的后妈。临行前,徐嫂考虑了很久,决定还是换上那件新做的棉袄。她站在门口回望儿子,哀求说,送送妈吧。

仲良无动于衷地坐在八仙桌前,对着一张报纸练书法。

那妈走了,妈会来看你的。徐嫂说完,拎起地上的两个包裹,可还是放心不下,说,仲良,你要好好念书,你别像你爸。

仲良连眼皮都没动一下,一笔一画写得认真而专注。一直到报纸上写满了密密麻麻的字,才轻轻地搁下毛笔,拉开门走了出去。

这一天,仲良在马路上整整走了一天。他穿街走巷,像个邮差那样,把父亲生前投递的每条街道都踏遍之后,来到静安邮政所的门房。

此时已是入夜时分,仲良站在那间昏暗的屋子里,低着脑袋对周三说,求你了,你说过让我有事来找你的。

周三手里端着饭碗,说,你是块读书的料,你别把自己糟蹋了。

仲良不说话,还是低着脑袋,固执地站在他跟前。

僵持了片刻后,周三叹了口气,把碗里的饭粒都拨进嘴,反复嚼着,含糊地说,你会后悔的。

仲良一摇头,说,没什么好后悔的。

三

静安邮政所的大门通常是在静安寺的钟声里准时开启。那些穿着黄色卡其布制服的邮差,蹬着他们的自行车蜂拥而出,很快又四散而去,就像一群放飞的鸽子。

仲良就在这些人中间。他的自行车是用那笔学费买的。这是邮政所里的规矩,要当邮差,首先得自己去备辆自行车。因为,那是一笔不小的财产,邮政所是不会为了一名邮差而过多破费的。

仲良把两个黄色的帆布邮袋挂在自行车的后座上,他每天的工作就是把这里面的信件送到该到的地方,再把沿途邮筒里的信件带回来,交进收发室的窗口。通过那里,信件会像雪片飞往全国各地、世界各地。

上班的第一天,所长按照惯例对他说,这是项平凡的工作，只要手脚齐全，只要认字、认路，谁都可以当一名邮差，但这也是一项了不起的工作，它牵连着每家每户。所长说，家书抵万金，有时候一封信就是一片天。

仲良点了点头，心底忽然有种难言的悲凉，觉得自己的一生都将与这套黄色的制服为伴。但同事们很快发现，这个年轻人一点都不像他死去的父亲。他太清高，太孤傲，这样的人根本不该属于这里。

每天早上，大家聚在收发室门口等邮件，女人是免不了要说起的一个话题。邮差一天到晚要遇到那么多的人，要在那么多人的家门前来来去去，总有几扇门会为他们半开半闭，也总有一些女人会对他们半推半就。仲良受不了的是他们做完后还能说得这样绘声绘色，说得这样厚颜无耻，好像天底下的女人都是摊在邮差砧板上的肉。仲良觉得恶心，他常常会在这个时候踱进周三的门房里，宁可默默地靠在他的桌沿上。

周三已经观察他很久了。这天，他笑着说，你不像你老子。

仲良说，我为什么要像他？

周三又笑了笑，拉开抽屉取出一封信，说，顺路捎一下吧。

仲良接过信,一眼就看出写信的人临过黄庭坚的帖,只是信封上没有收信人的姓名,只写着一行地址:巨籁达路四明公寓二〇三号。

这种事情父亲生前不止一次让他做过。那些信封上从来没有名字,有时候连地址都没有。父亲只是告诉他送到哪里。仲良问过一次:为什么让我送?你才是邮差。

徐德林很不耐烦地说,让你送就送,这么多废话干什么?

现在,仲良总算明白了。他把信封伸到周三面前,说,你们是一伙的。

周三还是笑呵呵的,手往收发室的门口一指,说,我们都是一伙的,我们都在这口锅里混饭吃。

仲良说,我会去告发你的。

你向谁去告发,所长?周三慢慢收敛起脸上的笑容,垂眼看着面前的桌子,说,你不想帮这个忙就把信放下吧。说着,他拿起桌上的茶缸,喝了一口后,像是什么事情都没发生一样,说起了晚上做的一个梦。那蛇有这么粗,他一边比画着,一边掏出钱,对仲良说,见蛇必发,这是个吉兆,你回来时替我带张彩票。

仲良是在巨籁达路四明公寓二〇三号门外第一次见到苏丽娜的。

显然,她刚午睡起来,头发蓬松,穿着条雪纺的无袖睡裙。两个人隔着门口没说一句话。仲良递上那封信,她接过去看了眼,又抬眼看了看仲良,就轻轻地把门掩上,但她脸上那种慵懒而淡漠的表情给仲良留下了深刻的印象。

苏丽娜并没有去拆那封信,因为她知道里面除了一张白纸外什么都没有。她只是把耳朵贴在门板上,听着邮差一步一步走下楼梯后,才慢慢走到阳台上。

夏天的阳光刺眼地照着阳台,也照在楼下马路两侧的法国梧桐上。可是,她没有看到邮差离去的背影,只是听见一串自行车的铃声从那些茂密的枝叶间响过。

苏丽娜若有所思地回到房间,坐进一张藤椅里,拿过茶几上的烟盒,抽出一支,点上后,随手把那封信举到打火机的火苗上,然后,看着它在一团火焰中化作灰烬。

两个小时后,苏丽娜坐在一家咖啡馆里,就像个到处消磨时间的摩登女郎,慢慢品着咖啡,翻着画报,

17

时而百无聊赖地望着窗外的马路。当她看到潘先生出现在人群中时,伸手招来侍者,付钱离去。

苏丽娜远远地跟着潘先生,看他走进一幢写字楼,她就拐进小巷,从写字楼的后门进去。两人在走廊相遇,就像两个陌生人一样一前一后沿着楼梯往上走,一直走到楼顶的天台上。潘先生说,说说你那边的情况。

苏丽娜说,俞鸿均已经明确暗示周楚康了,上海一旦沦陷,就让他作为市长随员去南京。

潘先生点了点头,说,那你就随他去南京。

如果他不带我去呢?

你是他太太,你有办法让他带上你。

苏丽娜闭嘴了,转头望着远处海关钟楼的塔尖。

潘先生说,记住你的任务。

苏丽娜转过头来,说,你放心,我知道该做什么。

潘先生吐出一口气,从口袋里掏出烟盒,一人一支,点上抽了起来。

苏丽娜回到家时已近黄昏。她一开门就见丈夫周楚康坐在电风扇下,一个身穿白色亚麻衬衫、手拿折扇的男人站在他跟前,正俯下身在他耳边说着什么。见她进来,男人不慌不忙地直起身点了点头,叫了声周太太。

苏丽娜记得这张脸曾出现在她的婚礼上，好像是周楚康的同学。一直等到那人告辞后，才问了声：这是谁啊？鬼鬼祟祟的。

周楚康就像没听见，转身拉上窗帘，打开灯后，问，下午你去哪儿了？

喝了杯咖啡，看了场电影。苏丽娜说着转身走向厨房，周楚康却从后面抱住她。

周楚康显得急切而亢奋，就像他们在东亚旅馆的房间里第一次做爱，按在床上衣服都顾不上褪尽就急不可待地做了一次。

苏丽娜枕在他怀里流了会儿汗后，起身把自己脱光。就在她要去卫生间时，周楚康伸手一把拉住她，没说话，只是轻轻地把她拉进怀里，让两人汗津津的身体紧贴在一起。

周楚康忽然说，我要走了。苏丽娜人没动，只在心里转了下。周楚康的手沿着她身体的曲线滑过，又说，今晚就走。

苏丽娜一下仰起脸，说，上海还在。

就是要让它在。周楚康说着，一下堵住她的嘴，吻得就像生离死别那样，缠绵而让人心碎。

19

两人谁也没说话，默默地在床上又做了一次后，周楚康翻身倒在一边，长长吐出一口气，说，我今晚就走，去八十八师师部，任作战科长。

　　为什么？苏丽娜睁大眼睛，看着他。

　　我本来就是陆军中校。周楚康笑了，抹了把她脸上的汗，说，我在日本学的就是步兵指挥，现在总算能派上用场了。苏丽娜没说话，伸手关了床头灯，像个小孩那样偎在他身边，两只手牢牢抓着他的一条胳膊，听他说怎么去找了八十八师的参谋长陈素农。他是我师兄，周楚康说，我对他说，如果不让我归队，我会在谈判桌上用双手把那个日本领事掐死。

　　说完，周楚康在黑暗中轻轻推开她的双手，起床去了卫生间。他在哗哗的水声中对苏丽娜喊，把我衣橱里的军装拿出来。

　　苏丽娜躺在床上没动，也没出声，默默地看着他赤条条出来，打开灯，打开衣橱，一件一件穿上后，站在镜子前端详着自己的军容。苏丽娜忽然跳下床，冲过去抱住他。周楚康顺应着她的拥抱，把脸埋进她的头发中，好久才在她耳边说，但愿这次能让你怀上。

　　苏丽娜没动，也没出声，只是紧紧地抱着他，抱得自己都快喘不上气来了。

四

淞沪会战在日本海军陆战队登陆后的第二天打响。

这场战役打了三个月，租界里的邮路也就整整断了三个月。仲良却很忙，他不分昼夜地把周三交给他的东西送到指定的地点，有时也把一些东西带回来。它们通常是半包香烟、一支旧钢笔或是几张过期的彩票。

这天，周三把一盒仁丹交到他手里时，仲良忽然说，你们有那么多人，你们能救他的。

周三愣了愣，问，谁？

仲良没说话，看着他。

周三好一会儿才说，我们救过，可日本人下手太快。

仲良垂下眼睛，接过仁丹转身走出门房。

周三隔着窗户叫住他，记住，不是你们，是我们。

仲良就像没听见，蹬上自行车头也不回地离去。

大街上到处是难民与伤员，飞机从人们头顶掠过，朝着枪声最密集的方向俯冲而去，从苏州河畔传来的爆炸声震得每块玻璃都在咣咣作响。

仲良把仁丹交到一家绸布庄的伙计手里后，绕道来到巨籁达路上的四明公寓，蹑手蹑脚地上楼，在二〇三室的门缝里塞进一个信封。这封信上没有名字，也没有地址，里面只有一首雪莱的诗，有时是拜伦的。这是仲良最喜欢的两个诗人。他总觉得自己的爱情就该像他们的诗歌那样华丽而忧伤。

仲良就像贼一样，每天在苏丽娜的门缝里塞一首情诗。然后，退到大街上，透过那些法国梧桐的枯枝往上看一眼。阳台上晾着一件翠色的旗袍与一些女人的内衣。昨天是一条印花的床单，前天是两条丝绸的衬裙，却从来没有在这个阳台上见过苏丽娜。

有一天，在跟周三下棋的时候，仲良犹豫了很久，说，今天我路过四明公寓了。

周二把"车"往前一挺，说，将。

仲良说，她叫什么名字？

周三一下抬起头来，他的眼中有种难以言说的光芒一闪而灭。周三说，你没活路了。

仲良低头看着棋盘，知道许多事情他不该问，也不会有人告诉他，但他还是想说，你让我替你们做事，你总该让我知道你们是什么人吧。

周三紧抿着嘴唇，到棋盘上的棋子重新摆好后，才缓缓地开口，该知道的时候，会让你知道。

什么时候？仲良固执地盯着棋盘上那些棋子。

周三说，下棋。

但仲良还是知道了他每天都在想念的女人叫苏丽娜。

上海沦陷没几天，邮路通了，无数的信件装在麻袋里运进租界。所长像是松了口气，对着所有的邮差深深地一鞠躬，说，这几天大家要多辛苦了。

仲良就是在投递的时候见到那些信的，装在牛皮纸的信封里，一共七封，都是寄往巨籁达路四明公寓二〇三室的，收信人叫苏丽娜。仲良拿着那些信站在四明公寓的门口，犹豫了好一会儿，没有进去，而是转身蹬着自行车飞快地走了。

当天晚上，仲良回到家里顾不上做饭，烧开一壶水，就着蒸汽把这些信的封口小心地拆开。水在炉子上沸腾,仲良的心却一点一点凉下去。原来她结婚了,原来她的丈夫是个军官,他随部队从上海退到南京,再从南京退到武汉。他一直在跟日本人打仗。他是那么地热爱这个国家,那么地想念他的妻子。

壶中的水烧干了,炉子里的火熄灭了。仲良呆坐在黑暗中,就像坐在一个无底的深渊里。

第二天,他敲开四明公寓二〇三室的大门,把那些信交到苏丽娜手里时,苏丽娜说,你等一下。

说着,苏丽娜转身去了屋里,拿着一叠信封出来,递到他面前,没说话,只是看着他。她的目光还是那样的淡漠、懒洋洋的。仲良觉得无地自容,扭头跑下楼梯,一口气冲到大街上。

巨籁达路上忽然涌过一群游行的日本士兵,他们在这凛冽的寒风中似乎一点都不觉得冷,身上只穿着一件白衬衫,额头扎了条白布带,就像一群示威者那样举着拳头,喊着谁也听不懂的口号。紧随在他们两侧的是租界里的各国军警,一个个全副武装,睁大眼睛,死死地盯着这些手无寸铁的日本士兵。仲良驻足在路边,下意识地抬了抬头,他看到苏丽娜正倚在阳台的栏杆上,身上裹了条披肩,一手夹着烟,一手拿着那些信,用一种若有所思的眼神俯视着大街。

五

春天快结束的时候，仲良很多晚上都在周三的门房里下棋，一边听他讲授那些作为特工必备的技能。周三就像个老师，把密写、化装、跟踪与反跟踪一样一样都传授给了他，并且对他说，你会比你老子更出色。

仲良叹了口气，说，你是想让我死得比他更惨。

那你就更要专心跟我学。周三说，这些本事在关键时候会救你的命。

仲良问，你也是这样教他的？

周三摇了摇头，说，是他教我的，是他把我带进了这个行当。

仲良闭嘴了。他在周三的脸上看到一种难言的表情——他的两只眼睛里黑洞洞的，看不到一点光芒，就像骷髅上的两个窟窿。

有时候，周三也会带他去听场戏，泡会儿澡堂，去

25

日本人开的小酒馆里喝上两盅。周三说,干我们这行的,站到哪里就得像哪里的人。

仲良好奇地看着他,说,你怎么不问问我,为什么心甘情愿跟你干这行?

周三不假思索地说,为了你的子孙后代。

那天晚上,两个人喝完酒,周三带着他来到四马路上,指着一家日本妓院,问他去过没有。仲良摇了摇头,心想他这辈子都不可能去这种地方。周三却拉住他,说,那得去试试。

仲良一下挣开他的手,睁大眼睛瞪着他。

周三笑了,说,你是邮差,你就得像个邮差。

仲良说,可我不是嫖客。

周三的脸沉下去,说,需要你是嫖客的时候,你就得是一个嫖客。

仲良没理他,扭头就走。

周三又拉住他,盯着他的眼睛看了会儿,一指街对面的馄饨摊,说,那你去吃碗馄饨。

说完,他两手一背,就像个老嫖客一样,转身哼着小曲摇摇晃晃地进了妓院。

仲良一碗馄饨吃得都糊了,总算见他出来了,还是背着双手,哼着小曲,样子比嫖客更无耻。周三在仲良对面坐下，自顾自叫了碗馄饨，吃了一半，一抹嘴巴，站起来说，走吧。

仲良走在路上，忽然说，这就是你的革命？

周三不吱声，一直等回到邮政局的门房里，插上门，拉上窗帘，他才像换了个人，从耳朵眼里挖出一个小纸团，展开，划着火柴烤了烤，仔细地把上面显出来的字看了两遍。

仲良一直盯着他看，等他又划了根火柴烧掉纸条后，迟疑地说，你是去接头？

周三还是没理他，转身走到水盆边细心地洗干净双手后，才冷冷地说，这本该是你的工作。

仲良一愣，说，那你为什么不说清楚？

说清楚了还叫地下工作吗？周三扭过头来，忽然咧嘴一笑，说，妓院这个地方，不要嫌它脏。说着，他慢慢地走过来，想了想，又说，等你到我这把年纪就会明白了，有时候只有在女人身上你才能证明你还活着。

仲良的第一个女人叫秀芬。周三把她带到仲良家里，说这是他从乡下逃难来的亲戚，日本人要在那里造炮楼，就烧了她的村庄，杀了全村的人，她是唯一逃出来的活口。周三对仲良说，让她给你洗洗衣服、烧烧

27

饭吧,你得有人照顾。

仲良说,还是让她照顾你吧。

什么话?周三看了眼这个叫秀芬的女人,说,我都能当人家爷爷了。

周三说完走了。

秀芬孤零零地站在屋子中央,不敢看仲良,只顾抱紧了手里的包袱,好像里面藏着比她性命更宝贵的东西。

仲良坐着看了她很久,一句话都没说,站起身,拉开门就去了邮政所的门房。他死死地盯着周三那双暗淡无光的眼睛,说,你老实回答我,她到底是什么人?

周三神态平静,不慌不忙地摆开棋盘,在一头坐下,说,我说过了,她是个苦命的人。

仲良站着没动,说,我不相信你说的。

周三笑了,但笑容一闪即逝。他抬头看着仲良,说,她真是个苦命的人。

周三是在下棋的时候说出了实情,秀芬的父母他根本不认识,只知道他们都死了,她的男人是松江支队的政委,两人成亲还没满月,脑袋就让日本宪兵砍了下来,至今仍挂在松江县城的城门洞里。周三严肃地说,就当是给你的任务,你要好好对她。仲良没说话,一盘一盘地跟他下棋,一直到周三连着打了好几个哈欠,催他该回家了,说,现在你是有家室的人了。

可是,仲良并没有回家,他不由自主地沿着愚园路一直逛到巨籁达路,站在马路对面望着四明公寓二楼的阳台。此时,那个窗口的灯光已经熄灭,马路上只有一名缠着红头巾的印度巡捕远远地走去。仲良望着那个黑洞洞的窗户,尽管他知道苏丽娜早已不知去向。现在在二〇三室里住的是对年迈的犹太夫妇。

仲良连着两个晚上都蜷缩在火车站的候车大厅里。第三天黄昏,他提着半只陆稿荐的酱鸭回到家里,发现屋子不仅被收拾得干干净净,许多家具都移了地方,整个空间看上去宽敞了,也亮堂了。

秀芬默默地接过他提着的酱鸭,把饭菜一样一样端上桌。仲良忍不住问她哪来的钱去买菜,秀芬像个丫头一样站在一边,低着脑袋说她把耳环当了。

仲良抬头往她耳朵上看一眼,发现这个女人的眉宇间还是透着几分清秀的,就说了声:吃饭吧。

两个人这顿饭吃得都很拘谨,整个过程谁也没说一句话,屋子里只有一片碗筷碰撞的声音。

入夜后,仲良俯在八仙桌上练字,临了一张又一张,他把屋里能找出来的旧报纸都涂满了,才搁下笔,拉开门走了出去,好像根本不存在秀芬这个人。

可仲良哪儿都没去,就坐在离家不远的马路口,等到两边的小贩都收摊了,他拍拍屁股站起来,朝着空无一人的街上望了又望。

仲良进了门也不开灯,脱掉衣服就钻进被子里。他直挺挺地躺在床上,才觉得自己有点喘不过气来。

秀芬就躺在他的一侧,同样直挺挺的,既没动,也没出声。等到仲良犹豫不决地摸索过来时,她还是没动,也没出声。她只是在仲良无所适从时伸手帮了他一把。事后,又用那只手把他轻轻推开,在黑暗中慢慢地坐起身,爬下床。

秀芬在厨房里洗了很久才回到床上躺下。仲良发现她的身体凉得就像一具尸体。

六

仲良就像变了个人。他变得合群了，随俗了，开始跟别的邮差一起谈论女人了，更喜欢在下班后随着大家一起去喝酒，一起去任何一个用不着回家的地方。这些，周三都看在眼里，但他在仲良的眼睛深处还看到了一种男人的阴郁。这天，大家挤在收发室窗口起哄时，周三凑过来，拍着仲良的肩让大家看，这小子是越来越像他老子了，连说话的腔调都像。仲良没理他。现在，他讨厌周三说的每一句话，但对他的眼神从不违背。周三不动声色地说，路过泰顺茶庄，记得进去问一声，有茶叶末子的话就给他捎上半斤。

那意思就是有情报要从茶庄这条渠道出去，让他们提前做好准备。

仲良是从茶庄出来后发觉被人跟踪的。他骑上车钻进一条小巷，再从另一条小巷绕出来时，就看见苏丽娜站在巷口的电线杆旁。她穿着一条印度绸的旗袍，外面罩了件米色的风衣。这是她第二次开口对仲良说话。她说，我要见潘先生。

仲良看着她，这个时候任何表示都是违反守则的。仲良只能看着她。

告诉你上线，就说布谷鸟在歌唱。说完，苏丽娜仰起脸走了。她的高跟鞋踩在水门汀上的声音清晰可辨。

傍晚，仲良把这两句话转达给周三时，周三摊开那包茶叶末子，一个劲地唠叨，说要是放在年前，这价钱能买上二两碧螺春了。

两天后，周三交给仲良一沓钱与一个地址。

在一间窄小的屋子里，仲良再次见到苏丽娜，她身上光鲜的衣服与房间里简陋的陈设格格不入。仲良把钱放在桌上，站着说，需要见面时，潘先生会跟你联络。

我现在就需要见面。苏丽娜也站着，说，我在这个鬼地方已经等了一年两个月零九天。

仲良怔了怔，说，你去找份工作。

上哪儿去找？苏丽娜一指窗外的大街，那里有成群的人在排队领救济。苏丽娜说,有工作,他们会每天排在这里领两个面包?

这是上级给你的指示。仲良说,就这么两句。

苏丽娜怔了怔,支着桌子慢慢地坐下,说,你走吧。

仲良走到门口,想了想,回过身来,忽然说,从战区来的信都扣在日本人的特高课里。

苏丽娜一下抬起了头。这话潘先生同样说过,就在他们最后那次见面时。潘先生带给她一个消息,八十八师在长沙会战中被打散了,两万人的一支部队剩下不到八百了。潘先生说,你应该阻止他上前线的,他留在后方对我们更有价值。

你能阻止一个男人去报效他的国家吗?苏丽娜纹丝不动地盯着银幕,好一会儿才像是喃喃自语地说,如果他死了,我应该收到阵亡通知的。

从战区来的每一封信都扣在特高课里。潘先生说,你得离开四明公寓。

有必要吗?苏丽娜说,租界住着那么多军官家属,她们的男人都在跟日本人打仗。

你跟她们一样吗?按照惯例,日本方面会监视与调查每一个与抗日有关的人,包括他们的家眷。潘先生说,我不希望任何影响到组织的事情发生。

如果他回来了找不到我怎么办？

你的任务已经终结。

可我已经嫁给了他，我是他的妻子。

你首先是名战士。潘先生说，你现在的任务是就地隐藏。

苏丽娜呆坐在座位上，直到电影结束，她才发现潘先生早已离去，却没发觉自己那些凝结在脸颊的泪痕。

百乐门舞厅里的场面盛况空前，由舞女们掀起的募捐义舞如火如荼。当仲良西服革履、头发锃亮地出现在人群中时，苏丽娜有点不敢相信自己的眼睛。此时，她已经是这里正当红的舞女。

两个人在一首忧伤的爵士乐中跳到一半时，苏丽娜说，你不该是名邮差。仲良没说话，只是小心翼翼地搂着她的腰。苏丽娜又说，你更不应该来这里。

我是代表潘先生来的。仲良说，他向你问好。

苏丽娜的眼神一下变得黑白分明，好一会儿才露出一丝苦笑，说，看来你这几年干得很出色。

仲良说，潘先生希望你当选这一届的舞林皇后。

苏丽娜发出一声冷笑，说，他不需要我就地隐藏了?

他要你去接近一个人,获取他的信任。仲良说,潘先生说你会明白的。

苏丽娜一言不发,她忽然把头靠在仲良肩上,随着他的步子,就像一条随波逐流的船。

仲良屏着呼吸,说,你要是不接受这个任务,我会替你向上说明。

苏丽娜还是不说话,直到一曲结束,她才在一片掌声中说,那人是谁?

仲良说,资料我明天给你。

苏丽娜点了点头,挎着他的一条手臂走到募捐箱前,忽然动人地一笑,说,先生,为抗日献份心吧。

仲良轻轻拨开她的手,头也不回地挤出人群。

第二天,仲良把一张男人的照片交到她手里。苏丽娜一下就记起了周楚康离开上海前的傍晚,那个穿着白色的亚麻衬衫、手摇折扇的男人。苏丽娜记得他叫了声:周太太。

秦兆宽,一九二九年毕业于东京帝国大学政治系,一九三一年回国,一九三五年汪精卫出任外交部长,秦受聘为其日文翻译员,现在刚被任命为汪伪政府上海事务联络官,在租界里的公开身份是大华洋行总经理,负责与日本方面的情报交流,他还是极司菲尔路七十六号的座上客。仲良像背书一样说完,看着苏丽娜,又说,从今天起,我就是你的交通员,我负责你与上级的全部联系。

苏丽娜没说话,而是划着火柴,把照片点燃。

仲良犹豫了一下,说,那我们就开始了。

苏丽娜点了下头,站起来淡淡地说,我约了裁缝,我要去试衣服。

苏丽娜当选舞林皇后的夜晚,百乐门里名流云集。大华洋行的总经理作为嘉宾应邀而来。秦兆宽在为苏丽娜加冕之后,笑着说,周太太,想不到会在这里见到你。

苏丽娜显得窘迫而无奈,只顾低头嗅着手里那束鲜花。

整个晚上,苏丽娜脸上的表情与欢闹的场面格格不入,在陪着秦兆宽共舞一曲时,她还是忍不住,问他有没有楚康的消息。秦兆宽摇了摇头。苏丽娜说,你认识的人多,能不能帮忙打听一下。

秦兆宽想了想,叹了口气,说,在乱世中找一个人无异于大海捞针。

苏丽娜再也不说话，回到席间一口一口地喝酒，一杯一杯地喝酒。秦兆宽坐在她对面，抽着雪茄，优雅而沉静地看着她，一直到曲终人散，才搀扶着她，从百乐门的后门离开，开车把她送回家。

秦兆宽站在她那间漆黑的屋子前，叹了口气，说，你不该住在这种地方。

苏丽娜没理他，步伐踉跄地进屋，重重地关上门，连灯都没开，一头倒在床上，很久才号啕大哭起来。

几个月后，苏丽娜在搬进秦兆宽为她准备的寓所当天，把一份没有封面的《良友》画报丢在窗台上。这是计划进展顺利的暗号。到了黄昏时，仲良从窗前经过看到画报，胸口像被重重地击了一拳，他的脸色一下变得惨白。

这天，秦兆宽带着苏丽娜出席日本情报官仲村信夫家的晚宴。在车上，苏丽娜看着他说，你是做生意的，跟日本人掺和什么？

秦兆宽笑了，说，你就这么讨厌日本人？

不是讨厌，是恨。苏丽娜看着车窗外的街景，说，不是他们，我也不会沦落到今天。

秦兆宽脸上的笑容消失了，双手把着方向盘再也不说一句话，直到进了仲村信夫官邸的门厅，他一把拉起苏丽娜的手，对迎上来的日本情报官介绍说,这是我的未婚妻。

穿着宽大和服的仲村信夫就像个日本老农民,他朝略显无措的苏丽娜鞠了个躬后,笑着对秦兆宽说了一串日语。

在回来的车上,秦兆宽笑着说,仲村说你是他见过的最漂亮的女人,他还说很羡慕我们中国的男人。

苏丽娜冷冷地说,我不是你的未婚妻。

今晚之后就是了。秦兆宽说,我要娶你。

苏丽娜低下头,轻声说,我也不会做你的姨太太。

为什么? 秦兆宽沉吟了一下后,又说,等他还有意义吗?

苏丽娜摇了摇头,说,我谁也不等。

秦兆宽叹了口气,伸出一条胳膊搂住她,把她的脑袋一直搂到自己肩头。秦兆宽在车转过一个弯后,忽然说,我会等。

七

　　皖南事变后的一天，仲良受命把一对前往苏北的夫妻从吴淞口送上船，赶回家已是第二天的晚上。可是，秀芬不在。这是从没发生过的事。秀芬每天都会坐在窗前的案板前绣枕套，绣满三十对就用床单包着，送到西摩路上百顺来被服庄。在仲良眼里，上海对于这个女人来说就是菜市场与西摩路上的被服庄。

　　仲良在床上躺到后半夜才听见开门声。他起身打开灯。秀芬穿着一条他从没见过的旧旗袍，站在昏暗的灯光里，脸上化着很浓的妆，就像一个私娼低着脑袋站在马路边。她的胳肢窝里还夹着一个花布的坤包。

　　仲良什么话都没说，只是看着她。秀芬同样不说话，低头进了厨房，洗了很久才出来。她始终没有看仲良一眼，上了床就像睡着了。

　　第二天，秀芬一睁眼就见仲良坐在床头。他显然一夜未眠，此时正笨拙地把一支拆开的手枪拼装起来。

马牌撸子？这是高级货。仲良一直到把枪安装完毕，推上子弹，才看着秀芬说，你藏得真好，我翻遍了厨房才找到它。

秀芬一把夺过枪，下床去了厨房。她的声音从厨房里传出来，你要迟到了。

仲良坐在床沿没动，低着脑袋看着自己的两条大腿。

上班去吧。秀芬从厨房里出来，拿过那顶黄色的帽子递到他手里。

仲良抬头看着她，说，你总该说点什么吧。

没什么好说的。秀芬叹了口气后，顿了顿，说，出去买张报纸你就知道了。

报纸上标题最醒目的新闻是发生在昨夜的枪击案，死者系苏皖来沪的茶叶商人，地点在四马路上的一家酒楼门前。

仲良一甩手把那张报纸扔在周三面前，直视着他。周三拿着报纸看了好一会儿，抬起头来，什么茶叶商人？周三笑着说，胡说八道。

她到底是什么人？

汉奸。周三指着报纸上的照片,说,这还用说吗?

我说的是秀芬。仲良一把将报纸捋在地上,说,是你把她带进我家的。

周三又笑了,说,她是你女人。

仲良慢慢地坐下,盯着他伸出四个指头,说,四年了,我跟了你四年,你就不能对我说一句落实的话?

周三却站了起来,板着脸说,那你就该明白,不该你知道的,我一个字都不会说。

但仲良还是知道了,就在这天的晚饭过后。秀芬没像往常那样忙着起身收拾碗筷,她坐在桌子的一端,看着仲良,缓缓地说她是抗日除奸队的队员,昨天晚上她与同志们用三颗子弹除掉了一个苏北新四军的叛徒,那人先是被重庆方面收买,现在又想去投靠南京。他像条狗一样死在街上。秀芬面无表情地说,这就是叛徒的下场。

仲良一句话都不说,他只是看着秀芬搁在桌上的那双手。

这是个特殊的夜晚,两年来秀芬第一次在床上主动贴着他,并伸手抚摸他。仲良却没有一点反应,他的双手始终枕在脑后,一动不动地瞪着漆黑的床顶。

秀芬叹了口气,抽回手,同时也缩回身体。她在黑暗中说，我不该让你知道这些，我违反了组织原则。

仲良隔了很久才说，我是在想，有一天你会不会朝我开枪。

会的。秀芬毫不犹豫地说，如果你出卖组织的话。

这年入秋后的一个深夜，周三戴着一顶毡帽离开邮政所的门房后再也没有回来。于是，传言接踵而至。有人说他买彩票发了财，回老家当地主去了；也有人说他是诱拐了一个小妓女，临走前还把老相好的细软席卷一空。不过，大部分邮差都认为他是死了，而且是死在哪个妓女的床上，让人连夜扔进了黄浦江里。这样的事情在上海滩时有发生，仲良却一下想起了惨死的父亲。他顾不上那些要送的信，蹬着自行车就回了家里，一进门对秀芬说，我们得走，去你老家住几天。

秀芬停下手里的针线，问他出什么事了。仲良说周三失踪了。说完，他打开柜子动手收拾两个人的衣物。秀芬坐着没动，说，没有接到指令，你哪儿都不能去。

他要是被捕了呢？

被捕不等于叛变，他要是叛变，你也已经走不了了。秀芬说着站起身来，把仲良拿出来的衣物一件一件放回柜子里,然后转身对他说,如果真的被捕,他会给你留下暗号的。

他要是来不及留呢?

秀芬起身,拉起他的一条胳膊,一直把他拉到门边,说,就当什么事都没发生过,继续送你的信去。

仲良看着她的脸,她的眼神在很多时候让仲良觉得她根本就不像个女人。

三天后的傍晚,潘先生在一家旅馆的房间里约见了仲良。一见面,潘先生并没有提周三,而是掏出一份简报让他先看看。简报上的消息都是外国的,英、美与荷兰殖民地政府都宣布了禁止向日本运输战略物资,特别是钢材与石油;罗斯福总统也在美国下令,让舰队进驻珍珠港……潘先生耐心地等他一字一句都看完了,才说,从现在起,你接替老周的工作,你的代号叫鲇鱼。

说着,他把一个银质的十字架放在仲良面前。

仲良不出声,拿起十字架仔细看着。这样的十字架,他在父亲生前也看到过,就挂在他的脖子上。仲良抬头看着潘先生,问,老周怎么了?

这是组织上对你的信任。潘先生握住仲良的一只手,认真地说,这些年我一直在观察你,我相信你会胜任。

仲良还是要问，他死了？

潘先生这才点了点头，走到窗边，撩开窗帘的一角，望着外面华灯初上的大街，说周三淹死在黄浦江里，尸体是昨天早上被一个渔民发现的，打捞上来后就一直放在乐济堂的停尸房里，可我们现在还不能去认领。潘先生转过身来，对他说，你相信他会淹死在黄浦江里吗？

仲良低下脑袋又一次想到了父亲。他说，那我去给他收尸。

潘先生摇了摇头，说，不行。

为什么？

你的身份不允许。

我只是个邮差。

现在不是了。潘先生说，你现在是我们跟远东情报部门之间的联络员。

仲良每天还是骑着自行车走街串巷，把收集来的情报破译、分类，然后再把它们派送到各个需要的交通点。这些曾经都是周三的工作。仲良变得更忙了，白天干不完，常常到了夜里还要出去，就像他父亲当年。情报比生命更重要，因为有时它能挽救更多的生命，这是潘先生临别之时握着他的手说的话。潘先生还说,你要跟小德肋撒堂里的神父交朋友,他是远东情报站在上海的联络人,但你要知道什么该说,什么不该说。

仲良总算知道父亲是怎么成为教徒的了。他在小德肋撒堂的忏悔室把那个银质的十字架递进去,很久,才听见布朗神父说,愿上帝保佑你,我的孩子。

有一天,仲良在走出忏悔室时对布朗神父说,请你帮我收集国民革命军第八十八师的情况。

布朗神父说,这种情报不在我们的交换范围。

你就不能帮我个忙吗? 仲良说,我想知道。

这是苏丽娜密写在一封投稿信里的内容,她请仲良帮她这个忙。现在,苏丽娜变得像个文学女青年,每天把自己关在秦兆宽的公寓里。她写诗歌也写散文,然后装上信封,投进邮筒。这些稿件在被送往报馆前,最先到达邮差的手里。仲良破译她从秦兆宽身上得来的情报,同时,也读到了一个女人惨淡的心声。

苏丽娜有时也会挽着秦兆宽的胳膊,陪他去出席各种应酬。他们经常去的地方是极司菲尔路的七十六号,偶尔也会在虹口的日本海军俱乐部里喝喝清酒。秦兆宽说过,他一闻到清酒的味道,就会想起待在日本的那十几年。有一次，他清酒喝多了，搂着苏丽娜在她耳边说，知道吗，我第一次见你是在你的婚礼上，当时我一直问自己，为什么我不是那个新郎？

秦兆宽是个温柔而深情的男人。苏丽娜看得出，他已经把自己当成了妻子。除了去南京公干，秦兆宽几乎每个晚上都会回到她的床上。

秦兆宽就是在床上忽然说起鹿儿岛的。他从仲村信夫官邸的宴席上回来，一上床就说原来仲村还有个儿子，在海军当飞行员，连着一个多月了，他们都在鹿儿岛练投弹。秦兆宽说不知道这些日本人又要炸什么地方。苏丽娜随口问他鹿儿岛是什么地方。秦兆宽说那是个好地方，在日本的最南边。说完，他翻上来，压在苏丽娜身上，又说，如果你嫁给我，我们就去鹿儿岛度蜜月。

苏丽娜垂下眼睑，说，如果我再嫁人，我一定要去伦敦度蜜月。

现在的伦敦还不如上海呢。秦兆宽说，那里都快炸成废墟了。

第二天，苏丽娜把这个情况密写在稿件上，扔进邮筒。又过了一天，当仲良受命把这一情况转告给布朗神父时，神父第一次领着他去了楼上的卧室。

布朗神父的卧室就像个书房。他从一大堆旅游地图里找出一张，一指，说这就是鹿儿岛，我去过那里。接着，他又把中国香港、新加坡、菲律宾、印尼的旅游地图一张一张找出来，一边笑着说收集这些东西几乎花掉了他大半辈子的时间。神父把所有的地图都对比了一遍后，直起腰对仲良说，你说哪个更像呢？

仲良把手里翻了好一会儿的一本《美国交通地图》递给他，指着其中的一页，说，这个就很像。

布朗神父看了眼，眼睛一下直了，说了句英语：This is Honolulu, is America.

八

日本偷袭珍珠港的当天,租界就被占领。全副武装的日本士兵从四面八方蜂拥而至,到处是军靴踩着水泥马路的声音。他们用铁丝网封锁了街道,然后开始挨家挨户抓人。他们把住在洋房里的外国人都赶到街上,再用卡车成群结队地拉进设在龙华的集中营。

布朗神父也在这些人中间,但他被关进了苏州河畔的那幢十三层的桥楼里。现在,那里是日本宪兵的司令部,是关押反日分子与间谍嫌疑人的地方。布朗神父连圣经都来不及拿上,就被两个日本兵拖出教堂。神父一个劲儿地说他是神职人员,他受上帝与罗马教廷的保护。日本士兵当场给了他一个耳光,说,八格。

一个星期后的礼拜天,仲良受命去跟新来的德国神父接头,发现那是个满头金发的中年人。他对仲良说他叫克鲁格。他还说现在的租界里除了日本人,只有拿德国护照的人才可以自由活动。他要求仲良像信任他的前任一样地信任他。仲良只是点了点头,什么话也没说。因为来之前潘先生再三叮嘱过:这种时候谁也不能相信,尤其是一个德国人。

但是,克鲁格神父显得有点急切。圣诞节的午后,天上飘着零星的雪花,他在教堂门口的大街上拦住仲良,一边画着十字,一边说,看在上帝的分儿上,你已经两个礼拜没来忏悔了。

当天晚上,仲良跪在小德肋撒堂的忏悔室里,对克鲁格说,你不用急着找我,这不合规矩。克鲁格说就在下午的三时十五分,香港总督杨慕琦宣布投降,日本方面受降的是酒井隆中将。仲良说,这算不上情报,外面到处都在广播。

接下来会是新加坡,会是菲律宾。克鲁格说,我需要日本在东亚的任何信息,现在他们是我们共同的敌人。

给你什么情报由我的上级决定。仲良说,但你也要知道,我们需要什么。

我知道。克鲁格在黑暗中叹了口气,忽然说昨天他受教会委托去看望了布朗神父,现在教会正通过意大利政府在与日本方面交涉，如果不出意外的话，明年春天他就会回到罗马。克鲁格说，布朗神父向你问候。见仲良没出声，克鲁格又说，布朗神父告诉我，他是你父亲的朋友，他对你负有一份责任。

仲良一笑，说，对于一个关在日本宪兵司令部的人来说，他有点高估自己了。

可我能做到。克鲁格说，如果你愿意，我有能力送你去美国，当然是在战争结束后。

仲良又一笑，说，那等我们都活到战争结束后再说吧。

布朗神父一直认为你会成为一名优秀特工，我相信他的眼光，克鲁格说，你要抓住改变命运的机会。

我只是个邮差。

You can be a gentleman, Mr. Xu.

仲良沉吟了一下，站起身，也说了句英语：In this cage, you just call me a catfish, Pastor.

几天后，仲良在一家报馆的照排车间里见到了潘先生，当他详细说完了跟克鲁格的这次见面后，潘先生点了点头，说，帝国主义就是帝国主义，他们任何时候都不会忘收买与拉拢。

仲良说，我信不过这个克鲁格。

他也一样信不过我们,这是对你的考验。潘先生笑着把手搭在他的肩头,说,情报工作就是你中有我,我中有你,但我们一定要清醒,要知道自己在做什么。

这天下午,潘先生在隆隆的机器声中第一次说了很多话。他从欧洲谈到亚洲,从国际形势谈到国内形势,从上海谈到南京,又从重庆谈到延安。最后,他对仲良得出结论:日本鬼子把战线拉得越长,他们离灭亡就越近。

潘先生的眼神是坚定的,语气是不容置疑的。可就在临近春节的一天傍晚,他忽然敲开了仲良家的门。

这是潘先生第二次来到仲良家里。他穿着一身黄色的邮差的制服,进了门也不说话,只是朝仲良点了下头。仲良让秀芬去外面转转。潘先生扭头看了眼关上的门,慢慢走到桌前,在秀芬的位置上坐下,说,给我盛碗饭,我一天没吃东西了。

原来,他负责的情报网在一天里遭受了严重的破坏,日本宪兵正在全市大搜捕。潘先生放下碗筷,接过仲良递上的一杯水,说组织里出了叛徒。仲良问是谁。潘先生摇了摇头,没往下说。他慢慢把一整杯水都喝完了,才认真地看着仲良,让他仔细听好了,从现在起停止一切活动,包括与苏丽娜的联系。仲良又问,为什么?

潘先生说,不要问为什么,你的任务就是等待。

可仲良还是要问,等到什么时候?

潘先生想了想说,组织上很快会派人跟你联络的。

说完,潘先生起身走了,消失在夜色里,仲良却始终没有等来组织上的联络人。两个多月过去了,租界里每天都有枪声响起,不是有人被日本行刑队枪毙,就是有人被中国特工暗杀。仲良像个垂暮的老人,一到晚上就坐在家里那张八仙桌前练书法。秀芬如果不出去执行任务,就坐在他的对面陪着他,一边绣着她的枕套。有一天深夜,仲良忽然停下笔,抬头望着秀芬,说,组织上是不是不信任我?他们怎么还不来联络我?

秀芬说,你要相信组织。说完,她抬头想了想,又说,干我们这行要沉得住气。

但仲良还是沉不住气。他拿着一封伪造的退稿信冒雨敲开了苏丽娜的家门,一见面就问,为什么没有人跟我联络?

苏丽娜手把着门,平静地看着他,说,你问我,我问谁去?

仲良愣了愣,再也不知道说什么好,就在他准备转身离开时,苏丽娜却松开手,说了两个字:进来。仲良迟疑了一下,低头看了看自己湿透的衣服。苏丽娜面无表情地又说了四个字:进来说吧。

苏丽娜在客厅的一张摇椅里坐下,看着站在她跟前的邮差,淡淡地说,在没有找出叛徒前,我想不会有人来联络你的。

你们信不过我?

这是常识,每个没有被捕的人都会被怀疑。苏丽娜忽然叹了口气,说,他们更有理由怀疑我。

为什么?

苏丽娜惨淡地一笑,没说话,扭头看着窗外这场越下越大的雷阵雨。

秦兆宽就在这个时候突然回家,他看了眼浑身尽湿的邮差,笑着对苏丽娜说,我们家里总算有了位客人。

苏丽娜没理他,等到仲良离去后,才从摇椅里起身,若无其事地说那是以前给她送信的邮差,五六年了,他一点都没变。苏丽娜说,我一眼就认出他来了。

秦兆宽笑着说,你告诉我这些干什么?

因为有人心里在问。苏丽娜俏皮地横了他一眼,然后走到窗前,看着外面的滂沱大雨。

苏丽娜的眼神是一点一点凝结起来的。她忽然长长地吐出一口气,像是感到了冷那样,伸手抱紧自己。

一个邮差也值得你感伤? 秦兆宽不知何时已站在她身边。

我感伤了吗? 苏丽娜抬眼看着他,好一会儿才垂下眼睑,说,我为什么不感伤?

秦兆宽用一根手指抬起她的下巴,说,你在想他。

苏丽娜扭头又看向窗外,说,我是想我自己。

秦兆宽再也不出声了,他一直犹豫到晚上,忽然在枕边对苏丽娜说楚康还活着,还在国军的八十八师里,他现在是二六四旅的参谋室主任,在云贵一带跟日本人打仗。秦兆宽一口气说完,侧脸看着床头灯下的女人。

苏丽娜纹丝不动地说,你告诉我这些干什么?

秦兆宽说,我告诉你是因为你问过我。

九

　　布朗神父从宪兵司令部的一个窗口跳下来时，苏州河上正在鸣放礼炮。这天是一九四二年的四月二十九日，驻守上海的日军都在庆祝他们天皇的四十一岁诞辰。布朗神父却选择了在这天结束自己的生命。他对情报官仲村信夫说，我告诉你想知道的一切，但你要保证让我回到罗马。仲村信夫一口答应。为了显示大日本皇军的慷慨与仁慈，他还特意让人准备了一顿纯正的英式午茶。神父却不以为然，他只要求能洗个澡，换一件干净的衬衫。神父说，上帝不允许我臭得像头猪一样享用这样好的午茶。

　　仲村信夫点了点头，让卫兵把神父带到楼上的军官浴室去。这时，助手提醒他应该防范犯人自杀。仲村信夫笑着说，天主教的神父可能会杀人，但绝不会自杀。他还教导助手，要征服敌人光用皮鞭与子弹是不够的,还得了解他们的历史与文化。仲村情报官从来都坚信,自杀这种勇气与光荣只属于他们大和民族的武士。

布朗神父就是从军官浴室的窗口跳下去的,在他把满布伤痕的身体清洗干净之后,连祷告都没有做就一丝不挂地爬上窗台。布朗神父闭上眼睛,张开双臂,就像凭空掉下个十字架,他赤裸裸地摔死在了水泥马路上。

几天后,当仲良把一封教会的信件送进小德肋撒堂时,克鲁格神父站在神坛前告诉了他这个消息。神父用一种无助的眼神仰望着墙头高挂的圣女像,说,自杀对于一个天主教徒来说是永不翻身的罪孽。仲良站在那里,又一次想到了他的父亲。他淡然一笑,对克鲁格神父说,这没什么,他只是为了一个信仰,放弃了另一个信仰。

克鲁格神父吃惊地看着他,就像看到了魔鬼,在胸口画了个十字后,说,我的上帝。

仲良在心里发出一声冷笑,扭头离去。他听见克鲁格神父的声音从身后远远传来:信上帝,得永生。

邮政督察员入驻静安邮政所已是第二年夏天。一大早,两个日本宪兵用一辆三轮摩托载着督察员驶进大铁门,整个邮政所一下变得寂静无声。督察员并没有下车,而是站在车斗里,用黑框眼镜后面的眼睛在每张脸上扫视了一遍后,以流利的中文对大家说,我是伊藤近二,请多多关照。

说完,伊藤一个躬足足鞠了有半分钟才直起身,跨下车斗,笔直地走进所长的办公室。

所长沉着脸,一甩手,跟着也进去了。到了黄昏的时候,他还是沉着脸,在大门口拦住仲良,要请他去喝两杯。仲良诧异地看着所长,这个古板而克制的男人,平日里连废话都不会跟邮差多说半句,更谈不上喝酒,但这个傍晚他喝了很多酒,也说了很多话,每一句都让仲良感到触目惊心。

所长坐在小酒馆里,等到菜上齐了,亲手为仲良斟上酒。

仲良不安地说,所长,有话你尽管说。

所长点了点头,让他明天一上班就辞职。

仲良的眼睛一下睁大了,问他为什么。

所长说,你还不知道为什么?

仲良说,我怎么知道?

所长说,你是什么人?你父亲是什么人?还有那个周三,你们自己最清楚。

他们都是死人了。仲良说,我是个送信的邮差。

所长摇了摇头,说他宣统二年就入行吃邮政这碗饭了,我见的人比你送的信要多得多。说着,他用手往大街上一指,说,租界里三教九流,到处都有不要命的人,可我不管你们是重庆的,是南京的,还是延安的,你们干什么都不能连累了别人。

仲良说,所长,你喝多了。

所长一摆手,说,我都能看出来的这点名堂,你以为那个伊藤近二会看不出来?你听他那口中国话说的,就该知道他不光是个邮政督察员。所长意味深长地看着仲良,又说,我是为你好,也为大家好,你应该比我知道得多,日本人为了一袋面粉会杀光一条街的人。

仲良一句话都说不出来了,他的脸开始发白,但还能笑,还能举着杯子喝酒,可这酒却变得一点酒味都没了。

临别的时候,所长在大街上拍了拍仲良的肩,让他用不着担心,我要告发你用不着等到今天,更不会请你喝这顿酒。所长借着酒劲说,我也是中国人,我的老家在湖北,日本人刨了我的祖坟,拆了我家的祠堂,

58

就因为听说我家祖上当过两任道光年间的巡抚。

所长眼里的泪光在路灯下闪烁，但仲良不为所动。他站在大街上，看到所长的背影消失在街角，然后匆忙赶回家里，一坐下就把这事告诉了秀芬。

你知道规矩的，秀芬不等他讲完就说。

可我连鸡都没杀过，仲良看着他的女人，那眼神就像无辜的孩子。

秀芬想了想，站起来，说，我去吧。

仲良说，让我想想。

秀芬说，夜长梦多。

仲良不说话了，伸手把秀芬拉回凳子上。这天晚上，他在床上一直想到后半夜，把秀芬摇醒，说他想好了。秀芬睡眼蒙眬地说，那天亮带我去邮政所，我先认认脸去。

仲良说，算了。

秀芬一下就清醒起来，说，又不用你动手。

还是算了吧。仲良翻了个身，说，现在我只是个邮差。

可是，仲良很快就被静安邮政所辞退。原因是他丢三落四，尤其那些日本侨民的信件，不是无缘无故地失踪，就是被张冠李戴地送错。但接到投诉的伊藤

59

近二一点都没生气,他坐在办公桌后面笑眯眯地看着仲良,问他作为一个邮差为什么不能好好地送信。仲良显得有点紧张,还有那么一点羞愧之色。伊藤近二接着又问他,是不是不愿意为日本人服务? 仲良摇了摇头,他已经意识到以这种方式来结束邮差生涯是个不可饶恕的错误。伊藤近二微笑着站起来,走到他面前,盯着他的眼睛说,为什么你想让我开除你?

还用问吗? 他是想卷铺盖走人。所长忽然说,外面想当邮差的人有的是。

紧张的气氛一下有所冲淡。伊藤近二扭头狠狠瞪着所长。

所长同样扭头瞪着仲良,又说,还要我教你吗? 财务科的门开着,结账,走人。

伊藤近二的脸色在仲良走后变得铁青。他盯着所长,问他,你害怕什么?

怕? 所长笑了笑,说,我有什么好怕的?

那你去把他留下来,我要他继续当这里的邮差。

那不行,我们不能让一粒屎坏了一锅粥。

现在这里不是你说了算。

丢了信就得卷铺盖走人,这是邮政局的规矩。

伊藤近二冷冷一笑,说,那你是不知道宪兵队的规矩。

所长的脸一下发白了,喃喃地说,督察员,你为了一个邮差要送我去宪兵队?

伊藤近二愣了愣,没说话,一直到所长躬身退出办公室,他还直挺挺地站在那里,看着挂在墙上的《中国地图》。这个在上海生活了二十年的日本特工,早在三轮摩托驶进静安邮政所那一刻就已心灰意冷。他因酒后散布战争失败言论而遭撤职。长官部给他的最后指令是对悲观论者最好的惩处——留在这片中国土地上,直到这场战争胜利那天。

伊藤近二知道,自己的一生将在对故乡名古屋的思念中度过。

十

仲良卖掉自行车在西摩路的街拐角摆了个烟摊，每天蹲在那里，像个疲倦而呆滞的乞丐。他很快学会了抽烟，而且越抽越凶，常常是一天要抽掉一包，到了晚上还抽掉大半包。秀芬看着他始终不闻不问，只顾埋头绣她的那些枕套。

一天晚上，仲良忽然对她说，我要加入你们的除奸队。

秀芬说，你连鸡都没杀过。

你们需要通信员，也需要有人望风。仲良说，我不能像条狗一样整天蹲在街上。

秀芬看了他一眼，再也没开口。许多事哪怕对最亲的人都不能说，这是组织原则。秀芬每次都在菜场口电线杆的游医广告上接受指令，然后到指定的地点领取弹药，分配任务。大家分工合作，完成后就四散而去。除奸队队员之间几乎都是用眼神来交流的,他们有时候连话都不会多说半句。

公共租界更名为上海特别市第一区那天,是这年里气温最高的一天。大街上挂满了青天白日满地红的旗帜,四处都是巡逻的日本宪兵与警备队的便衣。仲良被驱赶到一个远离大街的巷口,苏丽娜就是这时出现在他面前的。沿着一双纤细的脚腕,仲良一点一点抬头,他看到苏丽娜的脸在灼人的阳光下白得耀眼。

仲良笑了笑,说,我现在成了卖烟的。

苏丽娜没说话,扔下几张储备券后,拿了一包"三炮台",就上了等在一边的黄包车。

此后的很多日子里,苏丽娜都会在路过西摩路时停下来买包烟。她给的钱时少时多,但已足够让仲良维持家里的生计,他却从不说一句话。

有一天,仲良终于开口了。他看着马路上驶过的汽车,面无表情地说,到此为止吧,你不用再可怜我了。

苏丽娜仔细看了他一眼,还是没说话,扔下钱,拿上烟就走。

两个月过去了,苏丽娜再也没有在西摩路口出现过。直到有一天傍晚,苏丽娜又忽然站在了烟摊前,说她手里有南京刚制定的冬季清乡计划，是全面针对苏中根据地的。仲良夹着烟，抬头看着她。苏丽娜说，我们不能让情报烂在手里。

仲良说，我们还是情报员吗？

这关系到成千上万人的性命，苏丽娜像是在下达命令，你一定要想法送出去。

我有办法就不用蹲在这里了。

你不是孩子了。苏丽娜俯下身，从烟摊上拿起一包烟，看着仲良的眼睛说，这点委屈算不了什么。

当天晚上，仲良换了身衣服来到小德肋撒堂。他一动不动地跪在神坛前，一直到克鲁格神父出来，才抬起头来，说，请你帮我这一次。

上帝会帮助每一只迷途的羔羊。克鲁格神父微笑着说，我的孩子。

我有情报。仲良说，关于江北的。

克鲁格神父沉吟了一下，说，那你来错地方了。

我知道你是有渠道的，我要把情报送出去。

你还不明白吗？克鲁格神父说，你的组织抛弃你了。

这关系到很多人的性命。

这也会让你丢了性命。克鲁格神父蹲下来，看着

仲良想了想,说,等我先证实你把情报送到后再说吧。

克鲁格神父笑了,说,你要信任我。

仲良像是又成了一名邮差,他把苏丽娜从秦兆宽身上获取的情报送到小德肋撒堂,再由克鲁格神父把它们分类,从各个渠道送往它们该去的地方。仲良特别强调,要在每份转交的情报上都得标上他跟苏丽娜的代号。仲良坚信,组织总有一天会来联络他们。

可是,事情忽然发生了变化。一天仲良回到家里,见桌子上不仅摆着鱼,摆着肉,还有一整只切好的白斩鸡,就不解地看着秀芬,说,今天是什么日子?秀芬没说话,抿着嘴从柜子里取出一瓶酒,把桌上的两个酒杯都倒满。原来,秀芬是个很会喝酒的女人。仲良一口都没下咽,她已经仰着脖子干掉了两杯。仲良的脸色变了,问她,出什么事了?秀芬没有回答,而是笑了笑往他的碗里夹了块鸡腿,说,我提前把年过了。

仲良一直到两个人把整瓶酒都喝完了,才又看着秀芬,说,告诉我,他们给了你什么任务?

任务就是任务。秀芬说着,起身开始收拾桌子。

仲良就看着她在屋里来回地忙,整个晚上再也没说过话。秀芬却冷不丁地开口了,在他们上床之后,秀芬在被窝里说,知道吗,在他脑袋被砍下那一刻,我就是个死人了。

仲良愣了愣,等明白过来,秀芬已经贴上来。她的身体滚烫如火,嘴里喷着酒气,脸上却是一片冰凉。

第二天早上,仲良还是一言不发,看着秀芬从床下拖出一只崭新的帆布拎箱,打开柜子,把他的衣物一样一样放进去,合上,扣上带子,放到他脚边。秀芬从抽屉里拿出一沓钱,拉起他的手,放进去,看着他的眼睛说,马上就走,离开上海。仲良站着,同样看着她的眼睛。秀芬忽然一笑,说,只要活着,我会来找你。

你上哪里找我?

你去哪里,我就到哪里找你。

说完,秀芬咬紧嘴唇再也没吐露一个字。她是用眼神把仲良一步一步推出门去的,一直看着他出了石库门,才靠着门框上仰起脸,望着天空中飘零的雪花。

事实上,秀芬并不知道她要执行的任务是什么。昨天下午,当她按照告示上的暗语来到接头地点时,大家都到了。四个人围在一张桌子前,上级是个留着一抹小胡子的中年人,他从口袋里掏出一沓钱,分了三份,放在每个人面前,大家就明白是怎么回事了。

有个码头工人打扮的除奸队队员忽然问，为什么是我们三个？

是四个。小胡子说，还有我。

那人又问，为什么是我们四个？

小胡子说，因为我们都是视死如归的战士。

那人看了眼秀芬，还是要问，为什么还有女同志？

你怎么这么多为什么？小胡子有点不耐烦了，说，我们是革命战士，我们男女平等。

那人再也不开口了，低下头紧紧地攥着那些钱。

大家一直到出发前才知道，他们的任务是刺杀仲村信夫。这个被日本军部誉为"东亚之鹰"的情报专家即将回国述职，大华洋行的总经理要为这个多年的朋友与同行饯行，地点就在华懋饭店的十楼。那里是远东的第一楼，也是日本特务与南京汉奸们的欢场，莺歌燕舞、耳鬓厮磨中常常伴随着刀光剑影。

饭店门外就是夜色中的南京路。此时，雪停了，风止了，忽然来了几名铲雪的清洁工。他们的口袋里除了手枪，还装着一颗小蜡丸。小胡子在把小蜡丸交到大家手里时说，同志们，我们不怕牺牲，我们今天的牺牲，就是为了明天的胜利。

华懋饭店的玻璃大转门里忽然走出一群人，站在一边的门童摘下戴着的帽子。这是个暗号。秀芬知道他们等待的一刻来临了。她扔下手里的铲子,飞快地穿过马路,一手掏出手枪,一手把蜡丸塞进嘴里。

一身戎装的仲村信夫显然已经酒足饭饱,就在他走下台阶,与夫人一起向秦兆宽与苏丽娜躬身告别时,枪声响起。四把手枪从三个方向射出的子弹,打中了仲村信夫与站在一边的日本使馆武官,也打中了秦兆宽。三个人几乎同时倒在雪地上,四周的保镖这才意识到发生了什么,纷纷掏枪射击。

秀芬一口气射掉了弹匣里七发子弹后,转身就跑。路线是事先设计好的,秀芬沿着南京路的人行道跑了没几步,腰部就像被人打了一拳,一头栽倒在地。

枪声还在响,秀芬却看到自己的血在路灯下是黑色的。她用力咬破嘴里的蜡丸,静静地躺在雪地里,静静地倾听着整个世界远去的声音。

十一

　　仲良并没有离开上海,他住进了靠近虹口公园的一幢楼房里。这里是日本侨民的集居地,是苏丽娜在他们答应了克鲁格请求后租下的。楼下的街对面开着一家清园酒屋,一到深夜就有个酒鬼在那里发疯似的吟唱日本民谣。苏丽娜第一次把仲良带来时,靠在窗台上说最危险的地方也是最安全的。说着,她把一把钥匙放进仲良手里,回头望着楼下的大街,又说,但愿我们都用不上。

　　厨房里有食物罐头,房间的壁橱里挂着男人与女人的衣服,就是墙头没有照片。这里更像是一对野鸳鸯的温暖窝。

　　听了一夜的日本民谣后,仲良再也待不下去。他在衣柜里挑了身花呢西装与一件旧大衣换上,就像个赶着去上班的洋行小职员,可一到苏州河桥下,他马上改变主意了。那里到处是排队待检的平民,平日里的警察也换成了持枪的日本宪兵。仲良在路边买了份日文报纸后,若无其事地回到屋里。

仲良是在报纸上看到秀芬的。两男一女,三张照片,他们的脸都被镁光灯照得雪白。秀芬仰面躺在地上,她睁着双眼,那目光既平静又迷茫。

第二天傍晚,苏丽娜抱着一个首饰盒开门进来时,仲良手里还捏着那张报纸。他用血红的眼睛望着苏丽娜,好久才问她,怎么了?出什么事了?

苏丽娜在陆军医院的病房守护了两天两夜。秦兆宽胸口中弹,手术之后,他的手上吊着盐水,鼻孔里插着氧气管,但精神却特别的好。等前来探望的人都离开后,他让苏丽娜摘下他手上那枚戴了多年的戒指,带着它去四马路上一家日本人开的当铺里,去找那里的老板原田先生,见到戒指他就会给你一个盒子,你一定要照我的话去做。秦兆宽一口气说完,无力地闭上眼睛。苏丽娜抓着他的一只手说,我哪儿都不去,我陪着你。

秦兆宽摇了摇头,说,我不能让你陪我一块儿死。

苏丽娜说,你会好起来的。

秦兆宽摇了摇头，睁开眼睛看着面前的女人，忽然露出笑容，说，你们不该杀仲村。

苏丽娜的眼睛一下睁大了，瞪着他，却吐不出一个字来。

秦兆宽的目光平静而温柔。他抽出手，伸到苏丽娜脸上，停在那里，说，傻丫头，我不知道你是什么人，怎么会把那么多情报透给你？我们从来没有同床异梦过。秦兆宽说着，手一下滑落到床上，脸上的笑容也随即消失。他认真地看着苏丽娜，说，日本人应该在调查那晚在场的每个中国人了，他们一定认为我挨的这两枪是苦肉计。

苏丽娜盯着他的眼睛，说，你到底是什么人？

笑容又在秦兆宽的脸上升起。他说，你的男人。说完，他又说，可惜，我等不到娶你的那天了。

这是秦兆宽留在世上的最后一句话。苏丽娜离开后，他出神地望着天花板，一直到眼中的光芒像烛火那样燃尽。等到医生与护士拥进病房，他们掀开被子，看到鲜红的血水早已浸透他胸口的绷带。秦兆宽躺在自己的血水中，却更像是躺在鲜花丛中那样安详与满足。

苏丽娜在四马路上找到那家叫原田质屋的日本

当铺,当她把那枚戒指交给老板原田先生时,这个年迈的日本男人沉默了片刻,朝她深深地鞠了个躬后,转身去里屋捧出一个漆封的首饰盒,双手交给苏丽娜。

首饰盒里除了一些金条与美钞外,还有一封信,上面是秦兆宽的笔迹,写着:呈十六铺码头隆鑫货仓陈泰泞启。

苏丽娜看着原田先生,以为他还会说什么,可他只是摇了摇头,再次弯下腰,做了请的手势,恭敬地把苏丽娜一直送到店铺门外,招来一辆黄包车,一直目送她在人流中消失。

苏丽娜在快到家门口时,忽然改变了主意,对车夫说,别停,一直走。

车夫扭头奇怪地看着她,说,小姐,一直走是黄浦江了。苏丽娜没吭声,她扭过头去,用眼睛的余光看着那些正进入她家院门的便衣。

苏丽娜把今天发生的事又想了一遍后,掐灭烟头,取出那封信交给仲良,说,我想知道里面是什么。

仲良点了点头,站起身去厨房里点上煤油炉,煮开半壶水,就着水蒸气熟练地把信封打开后,里面是一张已经泛黄的名片，还有一枚搪瓷的青天白日胸徽。名片上印着：中国国民党中央执行委员会调查统计局党务调查科秦兆宽。

这一夜，两个人靠在榻榻米上，身上裹着被子，却谁也没有睡觉。他们抽光屋里所有的烟，也喝光了屋里所有的水。第二天一早，苏丽娜洗了把脸就去了十六铺码头的隆鑫货仓。

陈泰泞是个秃头的男人，看上去既卑微又猥琐。他孤独地坐在货仓的一张账桌后面，可一接过苏丽娜手中的信，眼神就不一样了，尤其是在撕开信封看到那张名片后，他把那枚徽章紧攥手里，站起来叫了声苏小姐。苏丽娜一愣，说，你见过我？

陈泰泞摇了摇头，摊开手掌，说，我见过它。

两年前，秦兆宽在下达命令时，把这枚徽章与那张泛黄的名片一起放在他面前，说如再看到这两样东西，你一定要把我的女人送出上海。陈泰泞点了点头，说是。秦兆宽盯着他的眼睛，说，哪怕你死了，也要确保她的安全。

陈泰泞笑了，说，长官，你多虑了。

秦兆宽马上也跟着笑了，再也不说什么，两个人同时看着汽笛声声的黄浦江。陈泰泞记得那天的江面上残阳如血。

当苏丽娜从陈泰泞口中得知秦兆宽已死的消息，她用力一摇头，说，不可能，他是看着我走的。

陈泰泞并没有分辩，他坐下去，冷冷地说，我会安排你尽快离开。

我哪儿也不去。苏丽娜说完，转身就走。

苏小姐。陈泰泞一把拉住她，但马上又小心翼翼地松开手，支着账桌，目光阴沉地直视着她，说，不要让秦先生再为你担心了。

苏丽娜在离开货仓的一路上眼里闪着泪光，许多往事像寒风一样扑面而来，让人摇摇欲坠。可是，当她带着仲良再次面对陈泰泞时，她的脸上已看不出丝毫表情。她把那盒金条与美钞放在陈泰泞面前打开，说，就当他向你买张船票。

陈泰泞摇了摇头，说，我的任务是送你一个人离开。

苏丽娜说，留在这里等于让他等死。

那我管不了。陈泰泞说，上海每天都在死人。

那好。苏丽娜啪的一声合上红木盒，说，你还是送我们两个去宪兵队吧。

十二

　　每年清明过后，斜塘镇上都会举行一场盛大的庙会，就算日本兵来的这几年也不例外。长街的两头架着机枪，来自四乡八里的乡亲们照样把庙里的菩萨用轿子请出来。巡游从早上一直持续到傍晚，在一片锣鼓笙箫中，唯一缺少的是冲天而起的爆竹。日本人是绝对禁止在任何时间与场合燃放爆竹的。爆竹一响，他们架着的机枪也会跟着响起来。

　　仲良的烟纸店就开在长街的尽头。坐在柜台里可以看到他想象过的那座桥，桥下的银杏树刚刚开始萌芽。这里曾是他母亲的家，现在成了他的烟纸店，除了卖香烟、火柴还兼售糖果与草纸。苏丽娜有时也从乡下收购一些土鸡与鸡蛋，主要卖给日本军营里的司务长。

　　有一次，仲良跟着日本司务长把鸡蛋送进军营，回来说其实里面的鬼子都是高丽拉来的壮丁。苏丽娜正蹲在灶口烧水，她笑着说，难道你想策反他们？可话一出口，她脸上的笑容就消失了。苏丽娜不由自主地想起了周楚康，想起了她接受的第一个任务，就是不惜代价地去接近他，从他身上获取情报，最终把他拉拢过来，让他成为我们的同志，成为我们的情报人员。潘先生布置这些任务时，苏丽娜刚满二十一岁，离她在圣玛丽学院的毕业典礼还有两天。

在离开上海的货船上，苏丽娜第一次在仲良耳边说起了她的身世，说起了她死在袁世凯狱中的父母，说起了她经历的那两个男人。他们躺在船舱狭窄的夹层间，就像挤在一口暗无天日的棺材里，紧挨着他们的是船主偷运的烟土。苏丽娜说完这些就泣不成声，她沉浸在自己的往事中，好像一点都没感觉到仲良已经把她搂进怀里。苏丽娜紧紧抓住仲良后背上的衣服，就像一个落水者紧抱着一块门板。

可是，当仲良用嘴唇摸索着找到她嘴巴时，她一下清醒过来，别过脑袋，在黑暗中闭紧了眼睛。苏丽娜变得像具尸体一样僵硬，好像连呼吸都停止了。

货船在长江对岸的一个码头靠岸，这是陈泰泞护送的最后一站。他站在岸上，朝一个方向指了指，说，往北走就是你们的地盘了。

苏丽娜点了点头,看着他登船离去后,捋下戴着的一只手镯,往仲良手里一塞,说,我们各奔东西吧。

你去哪儿?

苏丽娜没回答,最后看了一眼仲良,扭头沿着一条积雪的小路进了镇子,在一家客栈投宿后就开始发烧。苏丽娜在客栈的床上躺了三天三夜,她把自己的一生从头到尾又回想了一遍,得出的结论是——这个世界上再也没有她的容身之地了。

仲良在第四天的上午敲开了客栈的房门。他站在门口,望着形容憔悴的苏丽娜。仲良一句话都没说,就那样一动不动地看着她。他的眼里布满了一个男人的沧桑与焦虑。

事实上,仲良一直守在客栈对面的茶馆里。苏丽娜在床上躺了三天,他就在茶馆的窗口坐了三天。这三天里,仲良的眼睛从没有一刻离开过客栈的大门。

几天后,一对神情疲惫的男女出现在一个叫斜塘的小镇上。他们沿着河边的长街走到一座桥畔,站在那棵苍老的银杏树下。仲良看了会儿对面的竹篾铺后,拉起苏丽娜的手走了进去。

徐嫂一眼就认出了儿子。她从坐着的一张小凳站起来,手里还握着一把竹刀。徐嫂张了嘴,眼睛就湿润了,但在看到儿子身后站着的苏丽娜时,她的目光慢慢凝固起来,扭头对咧着嘴、露着满口黑牙的老篾匠说,你看,他比他那个爸要有出息。

老篾匠是个机灵的男人,他什么话都不说,在围裙上擦了擦那两只大手,很快去街上拎回了一块猪肉。

吃饭的时候,老篾匠就像认识仲良好多年了,大侄子长、大侄子短地说个不停,从他死去的外公,一直说到他外婆下葬。都是我一手操办的,老篾匠说,我就像是他们的半个儿子。

徐嫂始终一言不发,不急不缓地吃干净碗里的饭后,起身去了前面的店堂。仲良知道母亲这是有话要说,就跟了出去,站在她跟前,看着她像剥皮一样把一条竹篾从竹子上剖下来。徐嫂没有抬头,不温不火地说,她是哪家的姨太太,还是你勾搭来的舞小姐?

她是我太太。仲良平静地说,是你的儿媳妇。

徐嫂抬起脸,看着儿子,同时,也看到了站在里屋门边的苏丽娜。徐嫂的眼睛在两个人的脸上跳跃,忽然站了起来,说,把婚事办了吧,办了踏实。

说完,她把手里的竹刀往地上一丢,掸了掸衣襟进了里屋。

仲良却怎么也想不通,到了新婚之夜他还在问苏丽娜,她怎么知道我们没结婚呢?

苏丽娜没回答,她在烛光下凝望着这个比自己小了整整七岁的男人,说,如果哪天你后悔了,你一定要跟我说。

仲良摇了摇头,隔了很久,他捧起苏丽娜的脸,问她,知道为什么我们会有今天吗?他不等苏丽娜回答,马上又说,因为你,我才走上了这条路。

苏丽娜说,没有我,也会有别的女人跟你结婚。

不是这个。仲良想了想,说,如果没有见到你,我想我这辈子都会是上海街头的一名邮差。

可现在你什么都不是了。苏丽娜说。

我成了你的丈夫。仲良笑了,伸手把她拉进怀里,好像生怕她会离去那样,用力地抱紧她。

仲良在他的新婚之夜又想起了他在四明公寓二○三室门外第一次见到苏丽娜。她穿着一条无袖的雪纺睡裙,手把在门框上,脸上的表情慵懒而淡漠。

日本投降的消息一传来,老篾匠第一个反应就是从竹篾铺里跑过来,对仲良说,你得进点烟花爆竹,镇

80

上八年没人放过一个鞭炮了。

可是,仲良第二天跑遍了整个县城都没找到卖烟花的铺子,整个县城的人都在忙着打倒汉奸,他只能背着半口袋的藕粉回来。也就在这一天,一连的国军士兵来到镇上接收了日本人的军营。连长是个军容讲究的年轻人,一扎下营,就把镇上的乡亲们都召集到老银杏树下。连长站在桥阶上,像个热血青年举着拳头对大家说,我们打赢了这场战争,现在是我们重建家园的时候了。乡亲们你看看我,我看看你,谁也没有跟着他把拳头举起来。连长有点失望,垂下手臂继续说他的军队是政府的军队,他的士兵就是大家的亲兄弟。他让镇上的乡亲们今后有什么要帮忙的,尽管到军营里找他,如果他的士兵中有谁在镇上捣乱,也尽管来军营里找他,他一定会严惩不贷。为此,连长让士兵在长街的两头设了两个信箱,让乡亲们有什么倡议、意见,如果不方便当面说,就尽管写在信里面,但更主要的是要检举那些窝藏的汉奸。连长说完这些,又对新任保长说,请老先生给大伙指定一名信使吧。

新保长捋着下巴上那一小撮花白的小胡子,有点犹豫不决。他说大家还是自愿报名吧,谁报名?镇上每个号头贴他半个大洋。乡亲们还是你看看我,我看看你。仲良在人群中忽然说,我来吧,我当过邮差。

可是,仲良才领了一块大洋,他的使命就结束了。原因是根本没有人给连长写信。倒是年轻的连长每天都来街上巡视,身后跟着一个更年轻的马弁。他好像特别喜欢在仲良的烟纸店里歇脚,几乎每次都要进来靠着柜台站一会儿,有时也会买上一包烟,一边抽,一边没话找话地跟苏丽娜聊会儿天。

连长说他曾是南华大学历史系的学生,投笔从戎后参加过湖南芷江的雪峰山战役,他的理想是留在学校里当一名历史教师,是日本鬼子逼他穿上了这身军装。连长每次说话时看着苏丽娜的眼神,都会让仲良想起当年的自己。

有一次,连长说起在行军经过广西时,苏丽娜忍不住问他有没有听说过八十八师。连长想了想说不止听说,还碰到过,他们后来去了缅甸打鬼子。连长问,你有亲人在那里?

苏丽娜摇了摇头,点上一支烟,坐在柜台里一口一口慢慢地吞吐着。

连长看着她抽烟的姿势,忽然说,你根本不像这个镇上的人。

苏丽娜笑了,问他,那你说我像哪里的人?

连长看着她苍白而纤细的手指，摇了摇头，说，你绝不是这镇上的人。

我的婆家在这里。苏丽娜笑着说。

那你娘家在哪里？

苏丽娜想了想，说，上海。

连长点了点头，见仲良从里屋出来，就又朝他点了点头，带着马弁走了。

仲良望着连长上桥的背影，说，他喜欢上你了。

在我眼里他还是个孩子。

在你的眼里我也是个孩子。

曾经是。苏丽娜看着他，说，现在你是我丈夫。

仲良笑了。这是他们最为安宁的一段日子。可是，这样的日子并不长久。有一天，连长穿着一身崭新的少校制服走进铺子。他刚刚被提拔为营长，他的士兵正在镇外的荒地里开挖战壕，建造碉堡。

营长买了一包"三炮台"，但主要是有话要说。他让苏丽娜有多远就走多远，留在这里只能陪着他们当炮灰。苏丽娜说，知道要当炮灰，你们还打？

营长笑了笑，说，当兵的就是打仗嘛。

那也要知道为什么打。仲良第一次在营长与他妻子说话时插嘴。

营长愣了愣,盯着他看了会儿,然后对着苏丽娜说,趁早走吧。

说完,营长又看了眼仲良,拿起柜台上的香烟转身离去。

半个月后,营长与他的士兵全部阵亡。随他们一起毁灭的还有斜塘这座小镇,长街上的大火整整烧了三天三夜,一直到把整条街道烧成灰烬,天上才下起瓢泼大雨。老篾匠与徐嫂一起葬身火海,他们说什么都不肯跟随仲良去上海,更不愿跟老篾匠的两个女儿去乡下。他们要守着他们的产业,他们的家园。老篾匠笑呵呵地对仲良说,日本人他都见识过了,他还怕中国人吗?他们一直把仲良夫妇送上船,老篾匠挥着手说,仗打完了就回来,我跟你妈等着你们。

徐嫂始终一言不发,她看着儿子的目光就像在诀别。

十三

从长江防线上溃败下来的国民党军队潮水般拥入
上海,但大街上一点都看不出大战在即的景象,倒更像
是末日来临前的狂欢,每个人都像要把口袋里的钱花
光那样,到处是排队抢购的男人与女人。

仲良带着苏丽娜回到电车场对面的家里,发现他
的屋里男女老少挤着十来口人。他们都是隔壁邻居从
苏北逃难来的亲戚。他们看着仲良,连挪一下屁股的
意思都没有。

邻居皱着眉头告诉仲良,这屋子先是让宪兵队封
了,后来又给了一个替日本人办事的小汉奸,抗战一胜
利,汉奸被关进提篮桥监狱后不久,就搬来了个忠义救
国军的小队长。邻居说这是他花了八十块大洋从那个
小队长手里买过来的。说着,他让老婆去屋里把房产
证、地契、收据都拿出来,一样一样摊给仲良看。最后,

邻居看看仲良，又看看苏丽娜，说，要不这样，我把楼下的杂物间腾出来，你们先住下来再说。

仲良说，可这里是我的家。

你没看外头的形势？邻居笑了笑，说，这天下都不知道是谁的呢。

当天晚上，苏丽娜挽着仲良的手臂，两个人沿着南京路一直逛到外滩。他们像对热恋中的情侣，在黄浦江边的水泥凳子上一直坐到快宵禁时，才起身回到那间没有电灯的小屋里。上床后，两个人还是不说一句话。他们相拥而卧，闭着眼睛，却谁也没有入睡。他们在黑暗的屋子里听了一夜城市各种各样的声音。

两天后，仲良来到静安邮政所，他见到的第一个人竟然是伊藤近二。现在的伊藤成了邮政所的门房。他扶了扶眼镜，微笑着对仲良说他已经改名字了，他现在的名字叫尤可常。仲良看着他那张越发干瘦的脸，说，你应该在战俘营里。

尤可常还是笑呵呵的，说早在一九四四年他就是反战同盟的成员了。我为你们的国家多少是做过一点事的，不然你们怎么会放过我呢？说着，他跟所有负责的门房一样，把仲良领到所长的办公室前，敲了敲门后，恭恭敬敬地做了个请的手势。

可是，当仲良对所长说他还想回来当一名邮差时，所长诧异地盯着他看了好一会儿，说，你早该有房有车、出门有跟班了，你是抗日的功臣。仲良笑了笑，说他什么都不是，他现在只想找份工作养家糊口。所长点了点头，长长地吐出一口气后，说，看来，是我看走眼了。

所长觉得有点对不起仲良，临别时，一直把他送到大门口，显得特别宽容与感慨，让他想来就来吧，什么时候来都可以，连自行车都不用准备了。所长说反正做一天和尚敲一天钟，谁也不知道这邮政所的门还能开到几时。仲良又笑了笑，说，家书抵万金，总有人要寄信的。仲良记得所长曾经说过：有时候一封信就是一片天。

苏丽娜失踪是在解放军开始攻城的前夕。

那天早上，仲良去上班不久她也离开了家。已经连着好几天了，苏丽娜每天都在米行门口排队，挤在抢购的人群中，可怎么看，她都不像一个每天在为柴米油盐操劳的女人，更不像是个邮差的妻子。

傍晚，仲良回到家里生着炉子做完饭，还不见苏丽娜回来，就坐在饭桌前，一直等到第二天黎明。他把可能发生的事都想了一遍后,开始发疯似的寻找他的妻子。可是,在问遍了上海所有的警察署、收容站、难民营与救护所后,仲良的寻找变得漫无目的。他像个幽灵一样每天游荡在上海的街头,连做梦都想着苏丽娜会忽然出现在他面前,脸上挂着浅淡的笑容。

解放上海的战斗整整打了半个月,枪炮声日夜不绝,满大街到处都是血肉模糊的伤员与载满士兵的军车,仲良寻找的步履却并未因此停止。他就像个仓皇而焦躁的逃兵穿行在大街小巷,直到解放军的枪口顶到了胸前,让他举起手来时,仲良才发现自己身上的邮差制服早已污秽不堪,根本分不清他是个邮差,还是名国军士兵。仲良指着胸口的邮政徽章,不停地解释,我是邮差,是送信的邮差,我是你们的同志。

总算有位解放军的排长听明白了他的话,摊开一个本子,指着上面“外白渡桥”四个字,说,你是同志就带我们去这里。

仲良二话没说,啃着排长给他的一个馒头,就成了解放军的向导。他带着这个排的战士从外白渡桥一直打到邮船码头。第二天,他们攻下了招商局的货仓,可就在穿过太平路的时候,从对面窗口射来的一颗子弹穿透了他的腹腔。

三天后,仲良在解放军战地医院的一张病床上醒来,在满目刺眼的阳光中,他看见苏丽娜正俯身摸着他的额头。仲良想抓住那只手,可人动弹不了。他张了张嘴,同时也看清楚了,那是名年轻的解放军护士。

解放军护士直起身,说,别说话,好好躺着。

十四

　　新年的第一天，天空中到处飘扬着五星红旗，而静安邮政所里最大的变化是邮差身上的制服，全部由黄色换成了绿色。换装后邮差们挤在收发室的窗外，你看看我，我看看你，有人说衣服还可以，就是顶着个绿帽子走街串巷的，有点不像话。大家哈哈大笑，仲良咧了咧嘴，一扭头就看见了苏丽娜。她站在邮政所的大铁门旁，穿着一件发白的土林布棉裌，就像个打杂的女工，苍白的脸色却更像是从医院出来的病人。

　　当天晚上，仲良费了很大的劲解开苏丽娜的棉裌，就被布满她身体的疮疤惊呆了。那些凝结的伤口就像一张张歪曲的嘴巴，狰狞而丑陋。仲良好久都说不出一句话来。苏丽娜却不动声色地把衣服脱光，躺下去，轻轻拉过被子盖上，静静地看着仲良，一直到他在边上躺下来，把她连同被子一起紧搂进怀里，她的泪水才第一次涌出眼眶。

那天,就在米行开门的时候,苏丽娜遇见了带队来抓捕米行老板的陈泰泞。

穿着美式军装的陈泰泞从车里下来,让便衣松开米行老板。他指着被军警围在街当中的顾客们,问,哪个是跟你接头的人?陈泰泞说,指出来就放你一条生路。

我是做买卖的,我跟谁接头去?米行老板眨着眼睛,惊恐而无辜地说。

米行老板被押上车后,陈泰泞开始审视人群中的每张脸,就看到了苏丽娜。他愣了愣,走过去,叹了口气,说,原来是你。

我是来买米的。就算坐在陈泰泞的审讯室里,苏丽娜还是这句话。

陈泰泞摇了摇头,说,你不该回上海。

当初你就不该送我走。苏丽娜想了想,又说,现在也不该抓我来。

当初送你走,是我长官的遗命。陈泰泞盯着她的双眼,说,现在抓你,是我的职责。

你抓错人了,我只是个老百姓,我是在那里排队买米。

陈泰泞又摇了摇头,他要苏丽娜说出她来上海的任务,还有她的上线与下线,你们的接头方法、时间与地点。陈泰泞说,我们都没有时间了。

当晚,苏丽娜被铐在刑房的柱子上,在一片男人与女人的惨叫声中度过了一夜。第二天一早,她接着被提审,到了下午就开始受刑。一连好几天,苏丽娜在刑房里几乎尝遍了所有刑具后,像条肮脏的破麻袋一样被丢进牢房,再也没有人问过她一句话。

一天深夜,苏丽娜在一片枪炮声中被架出牢房。院子里的行刑队正在处决犯人,一阵枪声响过,她被扔在一双皮靴前。

陈泰泞蹲下身,撩开凝结在她脸上的头发,说,我来送你上路。

苏丽娜无力地闭上眼睛。又一阵枪声响起,滚烫的弹壳溅在她脸上,她就像个死人一样无知无觉。

陈泰泞叹了口气,站起身,犹豫了一下,从军装口袋里掏出一枚青天白日的徽章,若有所思地看了会儿,把它丢在苏丽娜面前。陈泰泞扭头对行刑官说,送她回牢房。

行刑官说,长官,我接到的命令是就地处决。

我的话就是命令。陈泰泞说完,头也不回地离开院子,跳上等在门外的吉普车,对司机说,走吧,去吴淞口码头。

两天后,当解放军士兵冲进监狱,他们用枪托砸开牢门,苏丽娜已经奄奄一息。她在医院里整整躺了半个月后,才对一名来给她做记录的解放军女兵说,我要见你们长官。

女兵说,解放军队伍里没有长官,只有首长。

那让我见你们首长,苏丽娜说。

可是,解放军的首长并没来马上来。苏丽娜在病床上足足等了两天,才看见那名女兵带着一个穿黄布军装的中年男人进来。女兵说,这是我们的陈科长,你可以说了。

苏丽娜在病床上坐直身子,说她叫苏丽娜,她是组织在上海办事处的情报员,她的代号叫布谷鸟,她的领导是潘先生,有时他也叫狄老板、杨秉谦、胡非与施中秋。

陈科长点了点头,说,你还是先说说汉奸秦兆宽吧。

苏丽娜的眼睛一下变直了,看着坐在她面前的这对男女,很久才说,他不是汉奸,不是的。

连着一个多星期,医院的病房几乎成了审讯室。

苏丽娜躺在床上开始回忆，从她第一次参加示威游行开始，断断续续一直说到躺在船舱的夹层里离开上海。苏丽娜始终没提过徐仲良，好像她的生命中从来不存在这个男人一样。苏丽娜最后说，你们找到潘先生一切就都清楚了。

可是，潘先生早在一九四二年就牺牲了。陈科长说，杨复纲烈士遭叛徒出卖，在撤往苏区途中被敌人杀害在宿迁城外。

苏丽娜这才知道潘先生的真名原来叫杨复纲。她再也不说话了，把目光从陈科长的脸上一点一点地收回，拉起被子，慢慢地躺下去，像只虾米一样蜷紧了身体。

几天后，苏丽娜离开医院被关进一间屋子，每天都有面目不同的解放军干部来提审她，可问题始终就这么几个：你是什么人？替谁工作？你的任务是什么？你的联络人是谁？你们用什么方法、在哪里接头？

苏丽娜每次都像梦呓一样，反复说着她是上海办事处的情报员，她的代号叫布谷鸟，她的领导是潘先生，也就是革命烈士杨复纲。直到三个月后的一天，陈科长让卫兵打开房门，对她说，你可以走了。

苏丽娜坐着没动，忽然用挑衅的目光直视着他，说,你们不怀疑我了?

陈科长迎着她的目光说,也没人能证明你。

那我现在是什么?苏丽娜仍然直视着他。

至少你当过百乐门的舞女。陈科长想了想,说,你还当过汪伪汉奸与中统特务的情妇。

十五

这天早上，仲良跟往常一样离开家，但没有去静安邮政所上班，而是直接走进上海市公安局的大门。他把那个银质的十字架放在陈科长的办公桌上，一口气说，我的代号叫鲇鱼，我曾经是苏丽娜同志的通讯员，我可以证明她的身份。

整整一个上午，都是仲良一个人在说。到了午时，陈科长站起来打断他，说先吃饭吧，吃完了再说。下午，仲良一直说到天近黄昏，陈科长又站了起来说，我们确实查证过那些情报，也知道有鲇鱼和布谷鸟这两个代号，可我凭什么相信你说的？

仲良想了想，说还有人可以证明。他说，只要你们找到克鲁格神父，他能证明我就是鲇鱼。

陈科长笑了，说，你想我们去找个美帝国主义的特务来证明你？

一个月后，仲良再次走进陈科长的办公室。陈科长翻开一份卷宗说，我们已经证实你是徐德林烈士的儿子，一九三六年你接替他在静安邮政所担任邮差，你认识我们的地下情报员周三同志，我们还了解到你在解放上海的战斗中表现突出，差点牺牲在攻打招商局货仓的战斗中，但这些都不能证明你就是鲇鱼。

那你叫我来做什么？

告诉你我们查证的结果。陈科长说，徐仲良同志，我理解你的心情。

我不要理解，我要证明。

陈科长说，我们只能证明你在旧社会是名邮差，现在还是名邮差。

仲良点了点头，再也不说一句话。他用了整整半天时间才回到家里。

这天晚上，仲良没有趴在桌子上练字，而是提笔给副市长潘汉年写了封长信。可没想到的是苏丽娜第二天一起床就把信撕了，说还是算了吧，能活着她已经很满足了。仲良说，不能算，我不能让你背负这样的名声。

苏丽娜的眼神一下变得醒目，盯着他看了会儿，低下头去，说，那我走，我去找个没有人知道我的地方。

仲良慌忙拉住她的手,站在她面前,却不知道说什么好。

苏丽娜慢慢仰起脸,像个年迈的母亲那样伸手摸了摸仲良的脸,忽然一笑,说,你真傻,你想想那些死去的人,我们能活着已经很幸运了。

可是,仲良不甘心。他常常在下班后坐在邮政所的门房里写信,就是从来没收到过回应。

有一天,尤可常叹了口气,提醒他这样下去会闯祸的。仲良一下勃然大怒,瞪着他,说,你都能有个中国名字,她凭什么要背个特嫌的名声?

尤可常又叹了口气,闭了嘴,坐到一边默默看着窗外的夕阳。

新中国的第一个国庆节刚过完不久,苏丽娜在家里接待了一位特殊的客人。敲门声响起的时候她正坐在桌前糊火柴盒,这是街道上照顾她的工作。

苏丽娜愣了愣,起身拉开门,就一眼认出了周楚康。他穿着一身笔挺的解放军将校制服,站在门口等了会儿,说,不请我进去坐一下?

苏丽娜就像个木头人一样,扶着门板让到一边。

周楚康环顾着屋子,在堆积如山的火柴盒前坐下，说，我来看看你。

苏丽娜不吱声，她唯一能听到的就是自己的心跳。

周楚康又说，我知道，我不应该来。

苏丽娜还是不吱声，她在周楚康的帽檐下看到了他鬓边的白发，许多往事一下堵在胸口。隔了很久，苏丽娜总算憋出一句话，说，我跟人结婚了。

我知道。周楚康说，我还是想来看看你。

苏丽娜是一点一点平静下来的。她在周楚康对面坐下，隔着火柴盒问他是怎么找到这里来的。周楚康说他半年前就知道了这个地址，也知道了她现在的状况。上海公安局曾两次来他部队外调，他们要了解苏丽娜在一九三七年前的情况。周楚康说，如果当年让我找到你，你绝不会是现在的样子。

周楚康曾在上海找过她两次。长沙大会战时，他眼睛受伤，在去香港治疗途中整整停留了十天。他几乎找遍了整个租界。第二次是抗战胜利，他随部队由印度空投上海受降，周楚康动用了军方与上海的帮会，还是没能找到苏丽娜。后来，他的部队开赴东北，在四平战役中他率部起义。现在，周楚康已经是解放军四野的副师长。

我以为你死了。周楚康摘下军帽,使劲挼着头发,说,当初,我连上海的每个墓地都找遍了。

你就该当我是死了。苏丽娜淡淡地说,你不该来。

周楚康点了点头,说,我知道。

沉默了很久后,苏丽娜站起来,说,你走吧,他要回来了。

周楚康站起来,看着桌上那些火柴盒,说,我能帮你什么? 我会尽力的。

苏丽娜摇了摇头,说,不用了。

可是,周楚康走到门口,戴上帽子,盯着她的眼睛,忽然问,这些年里你想过我吗?

苏丽娜怔了怔,但没有回答。她站在门口,慢慢地挺直脊背,脸上的表情也一点一点变得慵懒而淡漠,就像回到了当年,又成了那个风姿绰约的军官太太。

苏丽娜看着周楚康转身出了石库门,很久才长长地吐出一口气,整个人也像是一下被抽空了。关上门后,她一头倒在床上,拉过被子,没头没脑地盖在身上,但还是觉得冷。

苏丽娜冷得发抖,在当天夜里就生了一场大病。

两个月后,仲良在报纸上看到了周楚康牺牲的消息。他是志愿军第一位在朝鲜战场上牺牲的副师长。

回到家里,他对苏丽娜说,记得你曾让我打听过周楚康的消息。

苏丽娜停下手里的活,愣愣地看着他。

有个志愿军的副师长也叫这名字。仲良说,报上说他牺牲了。

苏丽娜低下头去,缓慢而仔细地把手里的一个火柴盒糊好后,看着他,说,总有一天,我们都会死的,但我要死在你前面。

仲良说,为什么?

苏丽娜说,我不要你把我一个人留在这世上。

尾 声

二十年后，苏丽娜用一条围巾裹着被剃光的脑袋，在一个深夜独自离开了他们住的小屋。两天后，人们在苏州河捞起一具浮肿的光头女尸，仲良却并没有流露出过分的悲伤。他只是彻夜坐在床头抽烟，意外地想起了同样死在苏州河里的周三，想起了他的第一个女人秀芬，想起了他的父亲徐德林，想起了他的母亲与老篾匠，还有潘先生，还有布朗神父。仲良在一夜间想起了所有与他有关的死去的人们。

又十年过去了，仲良从静安区邮电局正式退休。他带着苏丽娜的骨灰盒离开上海，回到他母亲的家乡斜塘镇，把妻子安葬在那条河边。每年一到清明，他都会用蝇头小楷给爱人写上一封长信，然后在她墓前焚化。他在火光中一次又一次地看着苏丽娜站在他的跟前，脸上的表情慵懒而淡漠。

氰
化
钾

一

姜泳男被捕时正努力从一具打开的腹腔里取弹片,双手沾满了热乎乎的鲜血。

连日的激战早已使小教堂内人满为患,炙热而血腥的空气里夹杂着阵阵尸臭,到处是伤者的哀号与垂死者的呻吟,伴随着忽远忽近的爆炸声,大地为之震颤。以至于警备司令部的宪兵闯进这间由神父的卧房改成的手术室时,姜泳男连头都没有抬一下。他惯性地对身边的护士说了一个字:汗。

护士拿起毛巾的手一下僵住。

擦。姜泳男说出第二个字的同时,也看到了那两名荷枪实弹的士兵。

入夜时分,枪炮声在一场骤雨中开始停歇,但仍然有夜明弹远远地升起,照亮了城市与散不尽的硝烟,也照亮了江边的这片货仓。姜泳男蹲在雨中,蹲在货仓前的泥泞的空地上,与许多男人、女人们一起。他们大部分是城里的商贩、职员、舞女以及帮会分子。他们大都不知道发生了什么。只有不知好歹的人还梗着脖颈问:么样? 搞么事? (武汉方言)

宪兵站得就像一排雕塑,雨水如注地沿着他们油布雨披的衣角挂落。

轮到姜泳男被提审时已近半夜。在一间账房模样的屋子里,桌上只点着两支蜡烛。审讯官敞开的衬衫早已被汗水湿透。他一边啃着半个馒头,一边说,姓名?

姜泳男。

审讯官扭头对照着桌上的名册看了眼,说,为什么当汉奸?

我不是汉奸。姜泳男愣了会儿,说,我是朝鲜人。

审讯官这才抬起眼睛,说,那就是日本鬼子的走狗。

我不是走狗。姜泳男说,我是医生……

审讯官已经没有耐心听他再说什么,对着宪兵一挥手里那半个馒头,说,下一个。

姜泳男被两名宪兵拖出账房的一路上还在辩解:我是个外科医生,我是汉口红十字会的成员,我救过很多中国人的命……

次日清晨，溯江而上的日本军舰再次发起进攻。在一片轰鸣的舰炮声里，许多人被按在货仓前的空地上，当场执行了枪决，而更多的人被关进一间漆黑的库房。就像在那里等死一样，这间临时的牢房里充满了比恐惧更让人难以忍受的粪便的气味。

几天后，姜泳男被转送到了警备司令部的监狱。武汉会战的最后十几天里，他跟那些真正的间谍一起挤在那间狭小的牢房里。很快，连他自己都开始相信他就是个日本间谍，从战争来临时就是——每天不是在红十字会里救死扶伤，而是拿着小镜子成天为天上的轰炸机导航……直到最高统帅部的撤退命令传达到监狱。

那天，成批的犯人被拖出牢房。为了提高枪毙的效率，监狱特意调来两挺捷克式机枪。

姜泳男从牢房的窗口看着那些人像麦子一样被割倒在地，但他听不到丝毫机枪扫射的声音。所有的枪声都混合进了墙外的激战声里。他只是忽然想起了他的哥哥。那是他在这个世上唯一的亲人。

救了姜泳男一命的是架坠毁的国军飞机，呼啸着，拖着长长的尾巴，一头栽进监狱，削掉了半座牢房，接着是爆炸、燃烧……

从残垣断壁里爬出来，姜泳男的耳朵里嗡嗡作响，他的眼前到处是模糊而重叠的影子。姜泳男唯一清楚的是他还活着。他的身上沾满了血液与脏器的碎屑。

岩井外科诊所位于四杂街最热闹的地段。当年，岩井医生买下这幢两进的小楼时，几乎耗尽半辈子的积蓄。不承想，淞沪战争一年后，国民政府忽然宣布收回汉口的日租界。他与所有的日侨在一夜间被驱逐回国。

临行前的岩井医生脸色平淡，就像每次上手术台前。他仔细地用肥皂洗干净双手，直到晾干后，才提起皮箱，一边走，一边叮嘱姜泳男，说，记得，明天是交电费的日子。

请放心。姜泳男低下头，用日语说，我会在这里等您回来。

岩井医生点了点头，走到门外，仰望着诊所的招牌，又说，要是改成泳男诊所也不错……岩井走了，这条街上就再不会有岩井了。

可是，岩井的外科诊所最终没能躲过战火，连同整片的街区。姜泳男穿过大半个城市回到街口才看清楚，眼前熟悉的地方已经成为一片废墟，许多木料掩埋在瓦砾堆里,还在腾腾地冒着浓烟。

好在小教堂依然矗立着,在残阳下如同被遗忘在地狱门口的摆设。

朴神父是姜泳男的故国同胞。他从外面端了碗热汤进来,说教堂里已经没有吃的了。说着,他把碗放在桌上,转身从柜子里取出一只日式的皮制诊疗箱。那是姜泳男的心爱之物,是京都帝国大学医学院对历届优秀毕业生的馈赠。朴神父同样把它放在桌上,说,今晚还有船,你今晚就走。

姜泳男好像这才记起自己还是个医生。他身上穿着神父的旧衬衫,动作迟缓地上前打开诊疗箱。里面除了整套的诊疗器具外,还有他的毕业文凭与行医资格证书。这两张纸之前一直镶在镜框里,挂在岩井诊所的墙上。姜泳男抬头看着神父,说,它们怎么会在你这里?你知道我会活着回来?

朴神父没有回答。他支着桌沿坐下,发出一声长长的叹息后,自言自语地说,说不定等到天亮这里就是日本人的天下了。

我哪儿都不去。姜泳男啪的一声扣上箱盖,拿起碗,几口喝干里面的汤后,说,我在教堂里能帮上你的忙。

你去广州。朴神父侧过脸去，就像是对着烛台上的那点光亮在说，泳洙君现在应该已到了广州。

姜泳男最后获悉哥哥的行踪已是几个月前。当时，汉口的每张报纸上都登有金九在长沙遇刺的消息。作为大韩民国临时政府的忠实拥趸，胞兄姜泳洙曾立志要誓死跟随他的领袖。

一下子，姜泳男明白了。他俯视着神父，说，原来，你不光是上帝的仆人。

朴神父咧了咧嘴，在胸口画了个十字，说，上帝也是有国度的，我们总有一天是要落叶归根的。

离开小教堂的一路上炮声已经停歇，但枪声还在此起彼伏。到处都是失去队伍的国军士兵。这些无处可逃的散兵游勇在月光下四处乱窜，有的甚至已经扔掉了手里的枪，穿上了从平民尸体上扒下来的衣服。

姜泳男是在启航后的船上遇见唐家母女的。唐太太体弱多病，是岩井诊所里的常客，此刻正挤在人满为患的甲板上，一只手紧搂着另一条胳膊。见到姜泳男，她稍稍松了口气，对女儿说，总算见到个熟人了。

唐小姐始终紧闭着嘴唇。这个武昌大学国文系的女生，战前每个周末都会坐渡船回家，低着头经过岩井诊所的门口。她经常穿一条蓝布旗袍，不长也不短的头发上扎着一根嵌有花边的发带。不过现在,她的脸上早没了女大学生的傲慢与无畏。她看着姜泳男的眼神,就像是只惊魂不定的小猫面对一个让她茫然的世界。

唐太太是前往长沙投奔丈夫的。她在登船时被蜂拥的人群挤倒,胳膊脱臼了。姜泳男用了几次力才将那条胳膊复位,唐太太疼得已经几近昏厥。最后,他解下腰间的皮带,把唐太太的胳膊固定在她胸前,扭头对唐小姐抱歉地说,我以前学的是外科。

唐小姐的眼神里又有了女大学生的傲慢与矜持。她朝姜泳男点了点头,张了张嘴,却没有发出声音。

天快亮的时候,日军炮艇在长江里拦截下这条难民船。一些惊慌的男人几乎同时跳船,炮艇上的探照灯一下子转向江面,枪声随即响起。一片惊叫声中,日本水兵用步枪不停地朝水里射击,直到把没有击毙的人重新赶回船上。然后,他们只派了一名领航员上船,用手势指挥着舵手返航,将船停靠在城郊的一处码头,转交给岸上的陆军。

为了抓捕混迹于平民中的国军士兵,日军检查了所有人的行李,并且通过翻译挨个盘问。当问到姜泳男时,他用比翻译更加流利的日语回答说,我不是难民,我是在华的朝鲜人。

一名戴着眼镜的中年军官闻声过来,审视着姜泳男,说,那你为什么要跟这些中国人一起出逃?

我是搭这条船去长沙,再去广州。姜泳男说,我在汉口的诊所被炸毁了,我要去投奔在广州的哥哥。

军官接过士兵递上来的护照与那两份证书,态度变得温和了许多,竟然朝姜泳男露出了一丝笑容,说,难怪你说话带着京都的口音。说完,他又把姜泳男上下打量了一遍,说,既然是帝国培养出来的医生,就应该为派遣军服务。

姜泳男吃惊地睁大眼睛,说,可我是朝鲜人。

是帝国统治下的朝鲜人。中年军官镜片后面的目光变得严厉起来,盯着姜泳男说,你也是天皇的子民,为皇军效力是你无上的荣耀。

可我只是个医生。姜泳男说,除了看病,我什么都不会。

军队现在比任何时候都需要医生。军官说完,把脸凑到姜泳男耳边,又说,你应该知道一个朝鲜人拒绝派遣军的征招会有什么后果。

军官的卫兵带着姜泳男经过唐太太身边时,她忽然冲出队伍。唐太太一把拉住这位年轻医生的衣袖,就像抓住了一根救命的稻草。她急切地哀求道，姜医生，你要是跟日本人有交情，你就帮帮我们娘儿俩。

姜泳男看了一眼卫兵，扶着唐太太把她送回她的队伍，却不知道怎么劝慰好。

唐太太几乎要哭了，不顾一切地说，姜医生，我们求求你了，我们会报答你的。

姜泳男又看到了唐小姐那双滚圆的眼睛，在烈日下就像一块已经融化的冰。他犹豫了一下，上前一把夺过捏在她手里待检的证件，翻开看了一眼。

你干什么？唐雅终于开口，声音听上去是那么的怯懦、无力。

原来，她叫唐雅。姜泳男随手把证件塞到卫兵手里，用日语说，去告诉你的长官，我要是连自己的未婚妻都保护不了，我怎么成为帝国的军人？他等到卫兵转身离去后，才扭头对唐雅说，记住，你是我的未婚妻，我们是在今年元旦订的婚。

二

日军中原司令部的后勤伤兵医院原先是武昌大学的食堂，上下两层，位于珞珈山下。为了缓解伤兵的思乡之情，他们在病房前的空地上种满了樱花。一到春天，白色的花瓣就像雪片一样铺洒在小径上。

姜泳男每次从病区出来，都会想起在京都的求学时光，但那种恍惚之感转瞬即逝。他低头看到脚上的制式军靴踏在那些花瓣上，好像每一步都踩着自己赤裸的身体。

朴神父总是用一句中国谚语来劝慰他：大丈夫能屈能伸，你是个男人。

你们是想利用我穿的这身军装。姜泳男在一次酒后来到教堂，醉醺醺地看着神父，说，但你要快点，我怕我会忍不住，我会在手术台上割断他们的动脉。

不会的。朴神父摇了摇头，说，你要相信这是上帝对我们的考验。

让你的上帝见鬼去吧。很多时候，姜泳男越来越觉得自己就像个粗俗的日本军人，尤其是说着他们的语言，跟着司令部里那些年轻军官一起喝酒的夜晚，听他们唱着家乡的歌谣。

然而更多时候，他会换下军装，穿着便服坐在教堂里义诊，帮助神父救助那些需要求诊的贫民。为此，军医长有一天把他叫进办公室，从抽屉里取出一份宪兵部门送来的材料。等姜泳男匆匆浏览完这些材料，军医长说，被纠察部门盯上可不是件好事情，尤其对于一名朝鲜籍军官来说。

可我首先是个医生。姜泳男合上文件夹，站得笔直地说，您也是一名医生，我们进入医学院的第一天，都曾发誓要信守希波克拉底誓言。

你真是个书呆子……战争就是用来摧毁誓言的。军医长发出一声长叹后，从上衣口袋里掏出钢笔，在一张处方纸上飞快地写下两行字，交给姜泳男，说，你去找这位小坂君，也许他能帮你渡过这一关。

小坂次郎是《东京日日新闻》派驻在武汉三镇的记者。他在见过姜泳男的几天后，就以一名朝鲜籍军医在"支那"为题做了一系列的报道，不仅采访了神父与被姜泳男诊治过的大量贫民，还配发了现场的照片。作为"大东亚圈共建共荣"的典例，这些报道很快被中、日、朝的许多家报纸转载。姜泳男因此受到日军总司令部的通令嘉奖，被破格晋衔为中尉。

授衔当晚，他喝得酩酊大醉，醒来发现自己躺在教堂冰凉的台阶上，头痛欲裂。

朴神父一言不发地把他搀扶进卧房，泡了杯大麦茶后，扒下他的军装，在一边坐下，像个妇人一样拿过一块抹布，蘸着水，仔细地擦拭着那件军装上的秽渍。

我是跳进黄河都洗不清了。姜泳男模仿着朴神父的语气说完这句中国谚语后，发出一长串的苦笑，改用母语又说，这也是你们希望的吧？

朴神父笑了，用一种特别安详的眼神看着他，说，想在狼窝里待下去，就得比狼更像狼。

可我一天也不想待下去。姜泳男一甩手，桌上的茶碗摔到地上，应声碎成无数碎片。

路是你自己选的，就得由你自己一步一步地走完它。朴神父一字一句地说完，看着姜泳男的目光也变得锐利，一点一点地刺进他的身体，直到他整个人像个泄了气的皮球，瘫坐在椅子里。

很快来临的梅雨季节湿热难耐，武昌城就像罩在一个永远煮不开水的蒸笼里。

朴神父来找姜泳男的那个黄昏晴雨不定。他穿着一件听差才穿的夏布短装,夹着一柄油纸伞,站在医院门岗望不到的拐角,等到姜泳男随几名军医一起出来时,街上已经亮起了路灯。

姜泳男视而不见,从他身边经过很久后才折回来,站在他面前,说,看来,我是等到这一天了。

朴神父没有说话,转身领着他穿街过巷,走到一家酒楼门前,停下脚步,头也不回地说,你现在回头还来得及。

姜泳男没有说话。他只是摘下军帽,用手帕擦了擦额头上的汗,抬脚率先踏上了酒楼的台阶。

在包厢里起身相迎的祁先生是国民政府的情治人员。朴神父做完简单的介绍后并没有入座,而是深深地看了姜泳男一眼,转身离去。

我们也是情非得已。祁先生的脸色凝重而无奈。说着,他递过一张照片,上面是位穿着戎装的国军上校。等到确信姜泳男已经记住了那张脸,祁先生收回照片,放在一边,又说,特高课明天会押送这个人来你们医院……一个小小的手术。

你们想在医院里救他? 姜泳男说。

祁先生沉默了一会儿,说,在中原司令部的中枢救人,这比登天还难。说着,他掏出一块银圆,放在桌上,轻轻推到姜泳男面前,又说,你要设法交到他手里。

就这么简单? 姜泳男问。

祁先生点了点头,拿起酒杯,轻轻地抿了一口后,放下,又拿起筷子,夹了一串腰花,放进嘴里无声地咀嚼着。

姜泳男拿起那块银圆,很快发现那只是个做工精巧的小盒子,就捏住两边用力抽开,只见里面密封着一层薄薄的蜡。

这是什么?

祁先生抬起眼睛,直言不讳地说,氰化钾。

郭炳炎的手术只是切除急性发炎的阑尾,日军后勤伤兵医院里却如临大敌。不仅增调宪兵封锁了二楼的病区,还在特护病房的窗户上安装了铁栅栏,以防犯人跳楼。特高课派出的外勤二十四小时在走廊值守,对每个进入病房的医护人员进行盘查,就连给病人清洗伤口与换药都是在特工与翻译的严密监督之下。

手术后的第三天, 姜泳男在黄昏时进来查病房,除了必要的检查外，他几乎一言不发，就站在病床边，捧着病房记录一页一页地翻看，直到护士换好纱布，替病人提上裤子。姜泳男啪的一声合上病房记录的铅皮封面，伸手递给床对面的护士。郭炳炎这才注意到了军医戴着的手表，指针停在了两点二十分的位置。

姜泳男出了病房才像是记起了什么，用日语对翻译说，你去告诉病人，不要怕痛，术后要下床多走动，去沙发里坐坐，这样能避免肠粘连。

翻译恭敬地说，是。

夜深人静后，郭炳炎悄悄下床，在沙发的扶手与坐垫间找出一个纱布包，里面裹着一把螺丝刀、一把手术刀、一个注射器与一支吗啡针剂。他先是用螺丝刀拧掉两根铁栅栏上的螺丝，然后静静地躺回床上，等到远处钟楼上的钟声敲过两下，一边开始在心中读秒，一边把吗啡注射进身体，再用手术刀割开床单，把它们连接起来。

郭炳炎攀着床单从窗口爬到楼下，伤口早已迸裂。他感觉到热乎乎的血水渗透纱布沾染了裤子。姜泳男只是看了一眼，扶着他绕到后面，从一扇开着的窗户爬进值班医生的休息室。

你接受谁的命令？郭炳炎一直到姜泳男包扎完他

的伤口,让他换上一身军医的制服,并在外面套上白大褂后,才开口说话。

跟我去病房吧。姜泳男说着,给了他一个口罩。

最先发现犯人从窗口逃跑的是送药的护士,她刚张开嘴巴,陪同的特工已经发出一声吼叫,接着宪兵吹响了警哨。后勤伤兵医院里顿时乱作一团,到处是军靴踏过病房走廊的声音。追捕与搜查几乎同时展开。持枪的宪兵闯进每一间病房,核对完每张病床上的病人后,勒令医生与护士原地等待,谁也不准离开病区。不久,他们在医院的围墙边找到一架放倒的梯子。

姜泳男站在病房里,一直等到宪兵的军靴声出了大楼,才朝郭炳炎使了个眼色。可是,就在他们穿过走廊时,一名宪兵突然出现。

他一边掏出手枪,一边说,站住。

郭炳炎等到宪兵走近,在摘下口罩的同时,另一只手一扬,手术刀割开了宪兵的喉管连同颈动脉,血一下喷流出来,宪兵捂着脖子在地上发出呜呜的声音。他捂着又开始渗血的小腹,捡起手枪,对着还在发愣的年轻军医说,别愣着了。

天快亮的时候,郭炳炎因为失血过多而几近休克。姜泳男在东湖边的一条小船里替他重新缝合了伤口,躲过整个白天后,他用了一个晚上才将船划到对岸。

这条小船已经租下整整两天,一直停在东湖边的芦苇丛里,上面放着食品、衣物还有他的那个诊疗箱。姜泳男用了两天时间,仔细勘察了每条逃亡的必经之路。在此之前,他还干了另外一件事,就是在郭炳炎被送到医院之前,把那个纱布包塞进了特护病房沙发的扶手与坐垫之间。

两天后,郭炳炎的烧退了。在荒村一间废弃的茅屋里,他不动声色地看着姜泳男,一直看到他低下头去。等到姜泳男再次抬起头,见到的却是一个黑洞洞的枪口。

我不是你们的人,我只是改变了你们的计划。姜泳男说完与祁先生的那次会面后,摸出那块银圆放在草垫上,又说,我想,你应该比我更清楚,这里面装的是什么。

郭炳炎沉静地看着眼前的年轻人,说,你知道擅自改变计划的后果吗?

对我来说都是一样。姜泳男略微停顿了一下后,坦诚地说,如果这次营救失败,他必定会被认为是中国的特工,惨死在日军特高课的刑房里,如果成功,他也未必活得了。他同样会遭到怀疑,会被认为是企图打入国军情治部门的日本间谍而遭处决,就像现在。姜泳男说着,目光又落到那块银圆上,但很快收回来,看着郭炳炎,继续说,你以为你服毒自杀,日本人就不去追查它的来源了吗?姜泳男摇了摇头,说,他们很快会查到我的,我一样活不了。

郭炳炎没有说话。他依然举着手枪,看着姜泳男的眼神像外面的天空一样阴沉。

姜泳男咧开嘴,竟然像个孩子似的笑了。他微笑着说,你是不是还想说,我可以把这东西扔掉,就当什么都没有发生过,继续当我的军医?甚至,我还可以把它交给特高课。姜泳男说着,慢慢收敛起脸上的笑容。他用一种近乎冷酷的目光逼视着眼前这个消瘦而憔悴的中年人,迎着他阴沉的目光,说,如果这样……你说,你们的人会放过我吗?

三

White Night 酒吧原先是驻渝记者的俱乐部，位于重庆城区的中华路与临江门的交汇处，直到太平洋战争爆发才改头换面，很快沦为这座山城里有名的声色之地。每天晚上，人们在这里寻欢作乐、醉生梦死，一直要到接近宵禁的时间，才有一个双目失明的黑人从楼上下来，开始吹奏萨克斯管。那种忧伤的旋律充满着思乡之情，令人心碎。尤其是在空袭警报突然响起的那些夜里，沉醉的人们一下子警醒、蜂拥逃窜，黑人却仍像是无知无觉。他站在骤黑的空间里，吹奏出来的乐曲有时如泣如诉，如同死神在狂欢来临前的喘息。

事实上，唐雅更为迷恋的是 White Night 酒吧里那款尚未命名的鸡尾酒。它由美国伏特加与产自涪陵的土米酒混合而成。

它就像一颗子弹，能一下把人击倒。老金每次带着下属们来这里，都会忍不住说同样的话。说完，大家跟着他一起举起那杯乳白色的液体，缓缓倒在地上。

这是重庆法警队里不成文的规定——只要白天执行了死刑，所有的行刑人员晚上都会聚在一起，用最烈的酒洗刷身上血腥之气，然后把自己灌醉，为的就是要忘掉那些被子弹击碎的死囚们的脸。

唐雅至今还记得第一次行刑的那天。发令官已经挥下令旗，她举着步枪的手仍在发抖，人软得就像自己才是那个挨枪子的死刑犯。

负责监刑的老金远远地看着她，说，站直了，三点成一线，就当在靶场上嘛。

枪终于响了。唐雅几乎是闭着双眼扣动扳机的。子弹击穿了死囚的肩胛，将他撞倒在地。老金在死囚的哀号声里拿过一把手枪，上前一枪击碎了他的脑壳。看着溅在皮靴上的脑浆，他用力一跺脚，骂了句：龟儿子的。

不过，这都已成为往事。生与死对于一名上过刑场的法警来说，只在"预备"与"放"的口令之间。只是，许多失眠的夜晚，唐雅总会忍不住独自来到这里，如同梦游那样。她发现这酒根本不像子弹，而是一颗呼啸的炸弹,穿过喉咙在体内爆炸。这种感觉如火如荼,但她喜欢。让自己在喧哗中醉到忘乎所以,然后在天亮前醒来,在黑暗中睁大眼睛,看着那些陌生的房间与床上那张陌生人的脸。

许多时候,她甚至觉得那些陌生的男人就是一剂安眠的药。

姜泳男忽然出现的那天夜里,唐雅为自己物色的"安眠药"是位年轻的空军上尉。两天前,他驾驶着运输机刚刚飞越喜马拉雅山脉的驼峰。酒精飞快地使这对初识的男女变得亲热,就像彼此在人海中寻觅了多少年,终于在此刻相遇。空军上尉借着酒劲,拉过唐雅的手,把它放进自己的航空夹克里,一直伸到肋下,说那里还留着一块弹片,每次拉升飞机时,都能听到它卡在骨头里吱吱作响。

唐雅的眼神瞬间变直。隔着空军上尉的肩膀,她一眼见到了当年的医生。姜泳男头戴礼帽,穿着一件灰色的长衫,推门进来后并没有停留,而是扶着帽子匆匆穿过人群,跟着一名身材高大的金发男子走向后门。

稍作迟疑后,唐雅抽出手,抓起吧台上的坤包扭头想走,却被上尉一把抓住。

你去哪里？上尉醉里有心地说，你这叫放鸽子。

唐雅使劲挣了挣，没能从那只手里挣脱，就随手使了招反擒拿中的抓腕与反缠。上尉扶着吧台总算没有跌倒，他好一会儿才记起，这一招，他在军校时也曾学过。

White Night 酒吧的后门外是条巷子，通往江边的老城墙。此刻，风正吹开嘉陵江上弥漫过来的夜雾。唐雅直到看见血从那名金发男子捂着的脖子间喷溅出来，她的酒彻底醒了。

第二天，坐在内政部的警政司保安处处长办公室里，杨群亲自为她做完口供后，示意书记员离开。他从那只银制的烟盒里取出一根烟，在烟盒上轻轻地弹击着，绕过办公桌走到唐雅面前。杨群笑眯眯地把点燃的香烟递到她的唇边。

唐雅视而不见，双手放在腿上，人坐得更直了。

我就喜欢你穿上警服的模样。杨群说着，收回手，深深地吸了一口烟，抬起屁股半坐在办公桌上，在吐出来的烟雾中，他语重心长地叫了声小雅，说，回来吧，别任性了，回来，我们就当什么都没有发生过。

唐雅呼地站起来，说，长官，如果没有别的训示，请容我告退。

说完，她拿起桌上的警帽夹在腋下，啪的一个立正。

你穿上这身制服也有三年了，你什么时候见过警政司插手过刑事案件的？杨群说着，伸手按住她的双肩，把她按回到那把椅子里后，重新绕到办公桌后面坐下，正色说，一个美国外交官被人一刀切断了喉管与左颈动脉，你知道这意味着什么？等了一会儿，见唐雅没有开口，他靠进椅子里，叹了口气，又说，你是学过刑侦的，你来说说这一刀。

年轻医生的脸再次在眼前闪过。唐雅说，一刀割断喉管与颈动脉不仅需要精准的手法与相当的腕力，还需要了解人体结构，至少是人体颈部的结构……凶手很可能有过外科医生或者是人体解剖方面的相关经历……

专业的杀手就能做到，凶手是个特工。杨群打断她的话，说，可你想过没有？他是哪方面的特工？

唐雅睁大眼睛，故作惊讶地说，你说日本人？

不管什么人，我们都得给美国方面一个交代。杨群说，而你是唯一的目击者。

我不是唯一的目击者。唐雅说，昨晚有很多人见到了这具尸体。

小雅，我干警察三十年了，你这些话还是去糊弄别人吧。杨群的脸上又露出笑容，一指办公桌那沓厚厚的材料，说，酒吧那些人的口供都在这里……你为什么要从那个后门出去？

唐雅一愣，说，喝多了，出去透口气。

撒谎，你认识死者，或是凶手。杨群目光如炬地看着她，又说，或者……这两个人，你都认识。

郭炳炎的官邸设在郊外的一座寺庙旁，与几名僧侣毗邻而居。严副官领着姜泳男走进书房时，他穿着中式的便装，正像个修行的居士那样盘坐在一张藤榻上，闭目倾听由院墙外传来的木鱼与诵经之声。

知道我当初为什么要选这个地方？郭炳炎缓缓睁开眼睛，望着窗外，说，梵音如诉，它能洗涤我们身上的杀伐之气。

安德森是行家。姜泳男抱歉地低下头，说，我不杀他，死的人就会是我。

郭炳炎起身走到书桌旁，从抽屉里取出一沓照片，一张一张地摊开，除了那些带十字坐标的航拍地貌图，还有两张上是密密麻麻的数字。

这就是你截获的那个胶卷。郭炳炎在椅子里坐下,说,要是让这些照片落进日本人手里,我们在西南各地的机场将遭到灭顶之灾。

姜泳男并没有去看这些照片,而是站得笔直地说,安德森只是个外交武官,他接触不到一线的军情。

他的同伙我们不用操心,只要把证据交到美国领事馆,他们会被一个不漏地揪出来……可之后呢?一个外交官叛国投敌,他还有军方的同伙,这将是美军在亚洲战场上最大的丑闻……你说,美国人会承认吗?不等姜泳男回答,郭炳炎摇了摇头,接着说,他们不承认,就得有人出来当替罪羊。

姜泳男欲言又止。他的脸色早已经发白。

郭炳炎却笑了,欠身从抽屉里取出一个档案夹,递到他面前,又说,有时候擦干净屁股就是为了保住脑袋。

档案的首页上贴着唐雅身穿法警制服的标准照,她看上去是那么的英姿飒爽。姜泳男一下想起在汉口码头送行的那个清晨。他穿着崭新的日式军医制服,提着皮箱陪伴母女俩走上轮船。

快到船舱进口处时,唐太太迟疑不决地停下,用一种百感交集的眼神望姜泳男,在心里想要是真有这么个女婿也不错,但她说不出口。踟蹰了会儿,唐太太只能喃嗫地说,姜医生,您是我们娘儿俩的大恩人,我们会记着您的大恩,我们一定会报答您的。

姜泳男放下皮箱。他看着唐雅,说,这没什么,你们很快会与唐先生团聚的。

说完,他朝母女俩微微一躬身,却在转身的瞬间,有种返回去把这个女人抱进怀里的冲动,就像真的在送别未婚妻子那样,把头埋在她的秀发间,使劲地把她身上的气息吸进肺腑。姜泳男直到下了船,才站在人群中,扭头回望。他看见唐雅仍然站在船舱的进口处,手把着船栏,一动不动地俯视着自己。

风吹动着她旗袍的下摆。

事实上,在 White Night 酒吧的后巷里,姜泳男很快被精于格斗的安德森武官击倒在地,双手掐住了脖子。他是在垂死的一刻见到唐雅的,风吹动着她旗袍的下摆。

唐雅用脚把他掉落的手术刀踢到他手边,姜泳男这才一刀割断了武官的喉管与动脉。

姜泳男从热乎乎的血里爬起来时,武官还没有咽气,还在地上扭动着身体。他只说了三个字:你快走。

唐雅踩着石板路慌忙离去的皮鞋声又在耳边响彻时,郭炳炎用手指敲了敲那份档案的封面,意味深长地说,亡羊补牢,犹未晚矣。

姜泳男固执地说,那只是个喝多了的女人。

这个女人可是中央警校的特训班出身。郭炳炎的言下之意,姜泳男当然明白。中央警校的教务主任一向由军统局局长兼任。多年来,戴笠把大量的年轻学员吸纳进军统,再安插到各个政府部门。这在重庆已经不是什么秘密。这时,郭炳炎仰起脸,说,我从不害怕面对敌人,但我们不能不提防背后那些黑手。

姜泳男低头,说,是。

说完,他以军姿双脚啪地一并,转身离去。

郭炳炎等他走到门口时,忽然问道:民国二十七年,你应该在汉口吧?

在武昌。姜泳男站住,慢慢转过身,用一种醒目的眼神望着他的长官,说,我在日军的中原司令部,任伤兵医院军医。

之前,你的诊所就在汉口的四杂街上。郭炳炎重新拿起那份档案,翻开后,又说,这么说来,这位唐警官也算是你的老街坊了。

我们认识。姜泳男面无表情,说,但素无交集。

交不交集不重要……哪个少年不多情,又有哪个少女不怀春呢?郭炳炎用一种通达的语气说完,放下手中的档案,靠进椅子里,又说,留下一丝线索,就会牵扯出一连串的麻烦……你要是下不了手,我可以派别人去。

四

重庆地方法院的刑场在歌乐山下。每次执行死刑前，都由就近的警署派员清场，然后封锁各个路口，等着载有人犯与法警的车辆风尘滚滚地驶入。不过，这次稍有不同。新任的院长是党部出身，为了起到宣传与以儆效尤的作用，在处决那十几名卖国投敌分子时，专门邀请了新闻记者与社会各界人士观刑。

唐雅被安排在礼宾岗位。她身穿黑色制服，头发盘在帽子里面，背着双手，始终以警卫的姿势叉腿站立着。一名记者惊艳于女法警的英姿，对着她举起相机刚按下快门，就被两名便衣架到一边，不仅做了全身搜查，还打开相机后盖，没收了胶卷。

记者还在嚷着抗议时，行刑开始了。随着一排枪声响起，观刑台上发出几声轻微的惊呼，但马上变得鸦雀无声。一直等到法医俯在尸体旁，把一根铁丝捅进枪眼，在那个掀掉了半张脸的脑袋里来回搅动时，观刑台上有人捂着嘴巴开始干呕起来。

离开刑场的一路上，老金不时地在唐雅脸上察言观色。车到沙坪坝的一条街口，他靠边停稳，说，回家歇着吧。不等唐雅开口，老金瞥了眼后视镜，又说，我认得后面那辆车。

唐雅也认得那辆车。她还知道，坐在车里那两个人就是刚才盘查记者的便衣。杨群在派人保护她的同时，也把她当作了诱饵。唐雅在心里发出一声冷笑，拿过搁在中控台上的警帽，一语不发地下车，用力地关上车门。

两名便衣也很快跟着下车，一路上若无其事地尾随着年轻的女法警。

自从母亲死后，唐雅搬进了重庆的公务人员宿舍。那幢两层的小楼隐没在街道错落的屋宇间，下面开着店铺，整天吵吵嚷嚷的，楼梯与过道上堆满了杂物与晾着的各色衣服。

便衣用唐雅的钥匙打开房门，在确定屋里安全后，两人才退出门外，彬彬有礼地做了个请进的手势，同时提醒说，唐小姐，我们就在楼下。

唐雅接过钥匙，关上门就一头倒在那张狭小的单人床上。她是在似睡非睡中猛然睁眼,只见姜泳男已经站在床前,看着她的眼神一如当年在汉口码头上的回望,那么的宁静与暗淡。

在确信不是梦境后,唐雅忽然有种从未有过的轻松。她直挺挺地躺着,说,我知道你们的规矩,你是来灭口的。

藏身在对门那间宿舍里的很长时间里,姜泳男想到过许多要说的话,此时却一下变得无从张口。他站在床边,好一会儿才找出一句:唐太太还好吧?

唐雅平静地说,你杀了我,我就能知道她好不好了。

唐太太死于去年那桩校场口的防空洞事件。那一天,成千上万的重庆平民为躲避空袭在防空洞中窒息而亡。三天后,杨群派人从成堆尸体里找出她来时,由于腐烂,她的身体足足膨胀了一倍。

这个体弱多病的女人为了与丈夫团聚,辗转数千里来到重庆。站在兵工署的接待处,看着那个装有丈夫抚恤金的信封,唐太太张了张嘴巴,一头瘫倒在女儿的怀里。

唐先生生前是汉阳兵工厂的工程师,跟随工厂西迁的路上,他搭乘的那条船被日军击沉在长江里。活不见人，死不见尸。

唐太太在醒来之后开始变得疯癫，蘸着口水，一遍遍地清点那个信封里的抚恤金，睁大眼睛瞪着女儿，反反复复地说，这是你爸的卖命钱，我们花的都是他的命。

事实上，这些钱连两个月的房租都不够。重庆的物价如雨后的春笋，日夜疯涨。刚开始时，唐雅白天在嘉陵江边替人洗衣服，晚上就到都邮街的舞厅里卖花，后来索性下海当了舞女，为的是腾出白天的时间来照料越发病重的母亲。

可是，政府很快颁布了禁娱令。杨群就是在查封舞厅的行动中一眼看上唐雅的。那时，他还在警察厅督办重庆的治安，跟那些粗鲁而贪婪的治安警察不同，他更像是个穿着制服的绅士。一天，杨群把一把钥匙交到唐雅手里，专注地看着她，说，你妈需要你，但你需要我。见唐雅没有一点反应，他笑着一指窗外的天空，又说，日本人的飞机说来就来，要是这会儿一颗炸弹下来，我们就你中有我，我中有你了。

唐雅在指间把玩着那把钥匙，如同面对舞厅里面的恩客，柔声细语地说，我以为杨长官跟外面那些人不一样。

再不一样也是男人嘛。杨群说着，笑呵呵地递过一页纸。那是他写给中央警校特训班的推荐信。杨群微笑着说，但我倒发现你跟她们不同，你是有文化的新青年，新青年就得有新生活嘛。

许多往事只能埋葬在心底，唐雅永远也不会对任何人说起。她坐在床沿，等到姜泳男说完来意，才淡淡地说，何必要这样麻烦呢？你现在杀了我，关上门离开，不是一了百了了吗？

如果你是别人，我会的。姜泳男说完，自己也有点吃惊。他避开唐雅的目光，又说，你既然知道我们的规矩，就该明白，就算今天我走了，还会有别人来……警政司派再多的人也保护不了你。

那你走吧。唐雅起身走到窗边，俯视着落日中的街道，说，他们守株待兔，为的就是抓你归案。

姜泳男点了点头，拿起桌上的礼帽，起身走到门边，忽然站住，说，这些年，我时常会回想起以前……那时候真好，我只想好好地当个医生，在这个国家里扎下根来……我甚至还想过，在教堂里当个牧师。说完，他回过头来，只见唐雅已经转身，正面对着他。在一片背光的阴影里，她的面孔一片模糊。姜泳男说，你要相信我，我不是你们的敌人。

没什么信不信的。唐雅说，我没有亲人，也没有敌人。

那这里还有什么可留恋的？姜泳男说完，戴上礼帽，开门离去。

按照姜泳男的计划，唐雅应该在参加法警队晚上的聚会中途离席，去往莲花池街口的一家朝鲜面馆，有人会在那里等她，第二天带她离开重庆。但是，唐雅却像早已忘了这个约定。

刑场归来的法警队员们在杯盏间洗刷完身上的血腥之气，一个个喷着满嘴的酒气离开 White Night 酒吧时，老金特意瞄了眼坐在不远处的那两名便衣，以长官的口吻对她说，差不多了，你也该回家了。

唐雅只是抿嘴笑了笑，从他放在桌上的烟盒里抽出一支香烟，夹在指间，步履飘忽地去往吧台。有时候，老金在暗处看着这个女下属的眼神，总像是在审视一双穿在别人脚上的破鞋，总有种说不出来的惋惜，还有那么一点的心痛。

就着美籍调酒师的打火机点上烟后，唐雅要了杯双份的那款无名酒。

姜泳男要过很久才走进酒吧,挑了个不起眼的地方坐下,一杯威士忌一直抿到唐雅趴着吧台昏昏欲睡。他走过去,像个自作多情的男人那样,凑到她耳边,说,你要让我等到什么时候?

唐雅慵懒地支起身,直愣愣地看了会儿,说,先生,我们认识吗?

那两个我会对付,你现在就从后面的门走。姜泳男说完,见她无动于衷,就笑吟吟地又说,时间不等人,很快就要宵禁了。

那就喝酒嘛。唐雅好像记起了眼前的男人,冲着调酒师比画了个手势后,说,酒会让你忘掉很多事的。说完,她愉快地笑着,没头没脑地介绍起这款无名的鸡尾酒,从基酒的产地、年份,一直说到两种酒的配比。唐雅忽然说,外面还守着两个呢,你对付不了四个人。

那是我的事。说着,姜泳男习惯性地去摸口袋里那块银圆。当年,郭炳炎将此物放进他手里时,曾郑重地说这是杀手留给自己的最后礼物,里面的氰化钾足以毒死一头大象。那次,是姜泳男第一次执行刺杀任务,在上海虹口的日本海军俱乐部。姜泳男摸出银圆,在吧台转着,又说,你只要照我说的去做。

我为什么要听你的?我是你什么人?唐雅笑着,拿过调酒师放在吧台上的酒,举到面前,看着子弹杯里乳白色的液体。她笑得更妩媚了,说,尝一口,它就像一团火。

姜泳男接过酒杯,缓缓地仰头,一口吞下整杯酒后,含在嘴里,用了很大的力气才将它咽下去,然后像瞬间窒息那样。他一掌罩住旋转的银圆,说,这不是火,这是一杯氰化钾。

只有死人才会知道毒药的味道。唐雅咯咯地笑出声来,看上去那么的开心与放肆,吸引了酒吧里不少沉醉的眼睛。唐雅笑完,眼光流转地说,你有没有想过,要是我现在出卖你呢?

姜泳男脸上的笑容还在,但是再温和的笑也难掩眼中的落寞。他轻描淡写地说,这也是个一了百了的办法。

双目失明的黑人这时下楼,开始吹奏他的萨克斯管。忧伤的旋律像水一样漫上来,堵在每个人的胸口。唐雅忽然有种说不出来的难受,火烧火燎的。她伸手招来调酒师要添酒,然后指着调酒器,借醉卖疯似的用英语大声说,要喝死人的酒,你们为什么不叫它氰化钾?

可是,所有的声音在瞬间被响彻的空袭警报掩盖。一下子,酒吧的门成了堤坝的缺口,只有那位黑人像在给每个夺路而逃的人送行那样,吹奏出来的乐声竟然转调变得欢快起来。

姜泳男拉着唐雅跑到街上,路灯熄灭了,整个城市一片漆黑。可他们已无路可遁,几乎是被人流席卷着进入防空洞的,拥挤在各种气息与声音之间。

这时,挂着的一盏马灯被人点亮。姜泳男鼓起勇气,用手撩开覆盖在唐雅脸上的头发,就看到了那颗挂在她睫毛上的泪珠。随着飞机的轰鸣声由远而近,在地动山摇的爆炸中,那颗泪珠一下滑落,唐雅却像睡着了。她闭着眼睛,把头轻轻地靠到他胸口。

姜泳男是忽然感受到的,这是他人生中最美好的时刻。在那些扑扑簌簌掉落的尘土里,在晃动的灯光与惊恐或绝望的目光里,他甚至愿意让生命就此静止。

日军的轰炸持续了半个小时,结束时重庆城里已经到处火光冲天。

唐雅一出防空洞就在飞扬的灰土里见到了杨群的座驾。她扭头对姜泳男说,你快走。

但已经来不及。许多男人已经一拥而上。这些人有的穿着便衣,有的穿着救火队员的制服。他们在扑倒姜泳男的同时把他反铐上。

唐雅不假思索地跑向轿车,一把拉开车门,说,你放了他,我跟你回去。

杨群饶有兴趣地看着她,说,你说什么?

你放了他。唐雅说,我跟你一辈子。

五

　　杨群回到保安处时天刚蒙蒙亮，警政司司长的秘书已经等在他的办公室门外。可是，当他被请进司长的私人小会客室，见到的却是名年轻的军人。

　　这位是中统局的严副官。秘书稍作介绍后就匆忙退出，并且小心翼翼地带上门。

　　严副官的长官是哪位？杨群站了会儿，直截了当地问。

　　您见到就知道了。严副官说完，径直走过去拉开门，恭敬地做了个请的手势。

　　前往中统局的一路上，重庆城里的硝烟还没散尽，到处都是在清理街道的军警与雇工。杨群坐在车里觉得不安，就没话找话，问了许多问题。严副官都礼貌地一一回答，却没有一个是他要的答案。车过中山二路的川东师范时，杨群忍不住又说，这里不是你们的总部吗？你到底要带我去哪里？

人人都知道的地方，那只是一块牌子。严副官从副驾驶座上回过头来，微笑着说，杨处长请勿多虑。

下车后，转过好几条幽长的弄堂，杨群被领进一座没有门牌的院落，上了楼，他一眼就见到窗外的朝天门码头。

杨处长是福建安溪人吧？郭炳炎并没有介绍自己，而是笑呵呵地把他迎入上座，亲手斟上茶，笑呵呵地说，春水秋香，这可是您老家当季的铁观音。

杨群坐着有点发呆，不光是闻到了家乡的味道。他曾督办过重庆三年的治安，竟然从不知道朝天门码头上还有这么一座无名的宅院，也从未在任何一版的城区地图上见到过。

郭炳炎却一脸的悠闲，就像在跟老友品茗叙旧，托着茶盏，随口就说起了沙坪坝一家叫隆盛的参茸行，战前是日本外务省的秘密联络站，现在划归陆军部了，但仍然负责情报的收发与传送。他们还有一部大功率电台，安在城外三水湾的土地庙里。郭炳炎说，杨处长随时可以派员去拔掉这颗钉子，但要注意，这些人都是专业的特工，他们有武器，很可能会负隅顽抗。

杨群尽量让自己显得很轻松地笑了笑，说，在下只是一名警察，杀谍与除奸都不在警政司的权职范围。

国人皆有守土抗敌之责嘛。郭炳炎依旧笑呵呵地说，隆盛参茸行的不远处是莲花湖，你还会在那里打捞起一条漏网之鱼，他的上衣口袋里放着一把外科手术刀……杨处长可以将此看成是我对您个人的一点小小心意。

杨群在抓捕姜泳男时，从他身上不仅搜出了手枪，还有中央党部的证件。他拿起桌上的茶盏，抿了一口后，说，中统局若要警政司放人，只需一纸公文就行了。

公文能解决问题，党国还要那些秘密部门来干什么？郭炳炎收敛起脸上的笑容，说，美国的外交人员遭日谍暗杀，这也是美方希望从您这里得到的结果。

杨群这时反倒平静下来。他把茶盏里剩下的茶一口喝光，说，可我怎么觉得你们更像是日谍呢？

郭炳炎又笑了，掏出钢笔在一张便签上随手写了行字后，轻轻地盖上章，交到杨群手里，说，杨处长想要的答案档案里都有，您随时可以去川东师范的中统局密档室调阅。

杨群在看清便条落款处的签章后,脸色一下变得肃然。这个名字他早年就在警官特训班的教材上见到过,也在许多惊人的传闻里听说过。杨群恭敬地起身,用双手把便条郑重地放到郭炳炎面前,垂首说,在下不敢,在下谨遵郭长官钧令。

　　郭炳炎谦逊地一摆手,说,坐,请坐。

　　当晚,姜泳男被送到停在嘉陵江边的一条渡船上时,从不抽烟的郭炳炎手里夹着一支香烟。一直到香烟快烧到手指了,才用力一丢,说,好吧,这一页,就翻过去了。

　　姜泳男不敢相信自己的耳朵。他一下抬起头,说,先生……

　　郭炳炎说,忘掉重庆吧,你明天就走。

　　姜泳男低头,说,是。

　　你如果舍不得,可以带她一起走。

　　姜泳男再次抬起了头,吃惊地看着他的长官。

　　我们刀头舔血,要是连个女人都拥有不了,我们还保卫这个国家来干什么?郭炳炎脸上终于有了笑容。他起身,拍了拍姜泳男的肩膀,两人一起走到船栏边,望着对岸寥落的灯火。过了很久,郭炳炎深有感触地又说,可女人的心呢?有时候,它就是一根海底的针。

杨群用车载着唐雅来到他们曾经同居的那所公寓。打开门时，他说，你的东西都在，你走的时候什么样，现在还什么样。

　　亮起的灯光中，屋里的陈设依旧，墙上还挂着他们的照片，一尘不染。

　　一年前，唐雅决定离开这里时，杨群丝毫没有感到意外。他只是有点痛心地说，你不需要为了恨我而去作践自己。

　　我干吗要作践自己？我就是这样的人。唐雅最受不了的就是老男人那种父亲般的眼神。为了离开这个男人，她执意调到法警队，并且主动当上了死刑的执行者。有时，她甚至还会把陌生的男人带回来。她就是要看看这碗温吞水恼羞成怒的样子，跟他大吵一场，歇斯底里地大吼大叫，然后泪流满面地拂袖而去。

　　可是，杨群像早看穿了她的内心。他从摇椅里坐起来，说，要不这样，我先设法送她回老家去，然后我们结婚？说着，他缓步走到穿衣镜前，对着镜子找出头上的一根白发拔掉后，又说，你还想要什么？只要我做得到的，你尽管说。

　　唐雅愣了好久，说，你怎么把什么都当成了交易？

没有交易,会有我们那两年的时光吗?杨群转过身来,看着她,说,等你活到我这把年纪就会明白,人生只不过是一场又一场的交易。

唐雅清楚地记得,那天重庆的天空中骄阳似火。她后来把自己关在母亲的卧房里,站在她的遗像前,整个下午都没有出来。

这时,杨群把几个房间的灯都一一打开后,上前拿过她手里的挎包,挂到衣架上,就像是对晚归的夫妻那样,他说,不早了,洗洗睡吧。

唐雅这才回过神来,定睛看着他,说,你怎么知道是他?

杨群想了想,说,这个世界上还有谁比我更了解你呢?说完,他见唐雅还在直愣愣地看着自己,就绕到她身后,用双手扶住她的肩膀,又说,都已经过去了,就当是做了个梦。

唐雅几乎是被推着走到洗漱间门口的。她猛然回身,说,你就不嫌恶心吗?

不嫌。杨群轻轻地一摇头后,垂下手,又想了想,说,人有时候就是这么奇怪,有些地方你进去过了,可你还想去那里。

第二天一早,唐雅从公寓的大门出来,就见到了站在马路对面的姜泳男。他穿着灰布长衫,看上去那么的落魄与疲惫。

杨群在拉开车门时,说,要不,去跟你的医生道个别?

唐雅没有说话,一头钻进车里,眼睛望着后视镜,直到姜泳男的身影在发动机的轰鸣里快速地消失。唐雅猛然扭头,说,道别?你为什么说道别?

不是道别,难道你还想叙旧?

你怎么知道他是医生?

这一次,杨群没有回答。他开车把唐雅送到法院门前,迟疑了一下,说,如果你真想反悔,我不会怪你的。

唐雅紧闭着嘴唇,在副驾驶座上坐了会儿后,一言不发地推门下车,快步走上台阶。

快到中午时,门卫送来一张折叠得很规整的纸条,说刚刚有个年轻人请他务必转交的。唐雅的心一下提到嗓子眼儿里,很久都不能平息下来。

可是,当她如约来到那座茶楼,走进包间见到的却是个神情肃穆的中年人。

郭炳炎把手中的瓜子放回干果碟里,冷眼看着她,说,你来得太磨蹭了。

你是谁？唐雅是想转身就走的,但她忍住了,迎着那道冰冷的目光,挑衅似的问。

郭炳炎在竹椅里坐直身子,说,我就是那个下令要灭你口的人。

六

汉口码头上一如当年的嘈杂与混乱，到处车水马龙的。除了那几面飘扬的膏药旗，几乎看不出半点被占领后的迹象。姜泳男打扮得像个游学归来的日侨，穿着卡其布的青年装，背着他的诊疗箱，手里还提了个日产的行李箱。他顺着人流走近出口处，才见到几名值勤的日军士兵，个子又矮又黑，三八式步枪上的刺刀都已经高过了他们的头顶。

前来接他的是个头发已经有点花白的女人，穿着和服与木屐，说一口流利的日语。不等姜泳男发问，女人马上改用汉语释疑，说她出生在东北，在佳木斯待了二十多年。

我的任务是什么？离开码头的一路上，姜泳男仍用日语问。

你从重庆来，你都不知道自己的任务？女人用日语反问。

姜泳男的任务是前往江西的赣南,出任三青团江西支部干部训练班的军事教官。郭炳炎在宣布完这一任命后,像临时想起来了那样,随口又说,路过武汉时,你多停留几天,有人会来接你的。

说完,他掏出一个写有"阅后即焚"的信封,里面是用日文手书的接头暗语。

你的任务就是设法除掉他。女人一直到进了旅馆的房间,才从枕头套底下抽出一张从画报上剪下来的日本军官像,说,这个山崎大佐是日本陆军第三飞行团的参谋长,是他策划了去年八月三十日对黄山官邸的轰炸。

姜泳男无声地一笑,说,你是要我冲进他们的第三飞行团,去掐死这个人?

他患有严重的胃溃疡。女人说,目前正在武昌的后勤伤兵医院疗养。

姜泳男一下明白了,没有人比他更适合这项任务。他重新拿起照片,仔细地看了会儿,说,医院的地形我熟悉,我需要具体的行动方案与行动时间。

女人摇了摇头,说没有方案,没有武器,也没有接应的人员,自从武汉沦陷,所有的外勤早已经撤离。说着,她从怀里摸出一张船票,说,这张船票没有期限,完事后,你随时可以坐船离开。

既然早已经撤离,那你怎么还留在这里? 姜泳男说,你接受谁的指令?

我只是个空守了四年电台的报务员,这是我第一次出外勤。女人说完就起身告辞,可走了没几步,她又停下了,转过身来时,已经像变了个人。她目光呆滞地看着桌上的那张船票,声音也变得有点沙哑,说,这张船票花的是我儿子的聘礼钱……要不是他在长沙阵亡,你连这张船票都没有。

整个下午,姜泳男都坐在桌前,出神地看着自己的那双手。入夜时分,他退掉客房,提着行李去了小教堂。朴神父见到他一点都没有惊喜的表情,只是在胸前画了十字后,去房间里开了瓶烧酒。

两个人就着烛光一直喝到神父起身,说他要去做晚课了。姜泳男这才用母语说,我需要一套日军的尉官制服,徽章最好是第十一军司令部的。

你有你的组织。朴神父说,这种事你根本不应该来找我。

不是你,我不会走上这条路。姜泳男说着,一仰脖子,喝光了杯中的最后一滴酒。

朴神父看着他，重新坐下。等姜泳男说完将要去完成的任务，他摇了摇头，说，出了你那件事后，日军的伤兵医院就加强了警备，这些年一直是外松内紧，谁进去了都只有死路一条。

就算死，我也得去。姜泳男说，这是我的任务。

这是你的死刑判决书。朴神父起身又开了瓶烧酒，在两个杯子里倒上，说，你的上司只是想让你死得更体面一点。

他给了我选择的机会。姜泳男又一口干掉杯中的酒，说，我不能为了活着去当逃兵。

看来，你真把自己当成了一个中国人。朴神父再次坐下，给他的杯里又倒上酒，说，别忘了，你的祖国也在等着你去为它献身。

姜泳男笑了，眯起眼睛看着神父，说，可我只有一条命。

我可以荐送你去李青天将军领导的光复军（注：光复军，大韩民国临时政府于一九四〇年九月十七日在重庆成立，总司令池青天，化名李青天）。朴神父说，你要死，就跟自己的同胞死在一起。

日军后勤伤兵医院不仅加高了围墙，还在上面安了高压电网。远远望去，就像是座戒备森严的监狱。

为了这次行动，姜泳男做了充分的准备。他穿着日本陆军的尉官制服，提着公文包，趁着每天门诊最繁忙的上午由大门进入医院，目不斜视地经过那两座岗亭后，去的却是急诊部的医生更衣室。在那里，他挑了件白大褂罩上，戴着口罩，耳朵贴着门缝，一直听到几名护士推着手术车上的病人经过，才开门出来。

姜泳男随手把公文包往护士手里一塞，用日语说，病人的血压？脉搏？

他一边走，一边向护士了解病情，同时翻看着病历，顺利通过了手术区门前的那道武装警卫后，姜泳男拿过护士提着的公文包，头也不回地推开手术室的大门，径直走了进去。等他从术后通道出来时，脸上的口罩，身上的白大褂都已不在。

住院部的楼梯下站着两名腰挎手枪的宪兵。姜泳男视而不见。他拦下一名护士，以蛮横的语气命令道，带我去山崎大佐的病房，马上，快。

山崎大佐的特护病房在二楼，门口站着他的勤务兵，还有一名全副武装的卫兵。

姜泳男从公文包里取出一份封口上盖有"绝密"的文件，举在胸前，说，司令部的密件，需要山崎长官亲阅。

勤务兵伸手想接,见到姜泳男脸上的表情,迟疑地收回手,说了声"请稍等"后,反身敲门进入病房。

很快,病房的门开了。勤务兵跟着姜泳男一起进去后,站在关上的门边,眼神警惕,一只手按在腰间的枪套上。

山崎大佐是个干瘦而白净的中年人。他靠在病床上,审视着礼毕的姜泳男,说,你是谁? 我从没在司令部里见过你。

勤务兵掏出了手枪,哗地一拉枪栓。

卑职山田弘一,任派遣军第十一军司令部机要参谋。姜泳男说,卑职是今年七月随冢田(注:冢田攻,日本南方军总参谋长,一九四二年七月接替阿南惟几任侵华日军第十一军司令官)司令官由南方军调任武汉的。

既然是密件,就有密件的传输通道,它应该被送到第三飞行团的司令部,而不是这里。

送到这里,是因为事关远藤(注:远藤三郎,日本陆军第三飞行团少将团长,曾于一九四一年八月三十日轰炸了蒋介石的黄山官邸)将军。姜泳男看了眼站在门边的勤务兵,说,冢田司令官希望我能带回山崎长官的明确答复。

156

说完，他并没有把密件交到山崎大佐伸出的手里，而是又看了眼站在门边的勤务兵，直到大佐一挥手，示意勤务兵出去后，才用双手恭敬地呈上密件。

山崎大佐就是在拆阅密件时被扭断了脖子的。拉过被子盖上尸体，姜泳男掏出手术刀，悄无声息地走到门边，背紧靠在墙上，静静地望着窗栅栏外满天的阳光，就像在跟这个世界作别那样。

姜泳男终于发现，他在等待死亡的一刻想起的那么多人里面，竟然还有唐雅。她那双像猫一样滚圆的眼睛在他的脑中萦绕不去。

病房的门就在这时被敲响。勤务兵刚伸进脑袋，姜泳男一刀割断他喉管的同时，抽出他腰间的手枪，一枪击毙那名卫兵后，随即举着手枪冲向住院部的楼梯口。那里，还有两名宪兵在等着他。姜泳男都能感觉到子弹穿透他胸膛的灼热温度。

忽然，一声巨响震得地动山摇。病房的许多窗玻璃应声而裂。

医院的围墙被炸开了一个口子。朴神父最后吸了口叼在嘴里的香烟，提着两支驳壳枪从缺口冲进医院。

一时间，枪声四起，守护在医院里的警卫蜂拥而至时，朴神父开始撤退。他一边往大街上跑，一边反击，很快在街上被一颗子弹击中倒地。朴神父勉强支撑起身体，等着那些包抄上来的军警走近，在枪口下茫然四顾。他的眼睛里一下有了神采。他在无数的日式军帽下找到了姜泳男的脸，上面还沾着未干的血渍。

上帝，请您宽恕我。朴神父抬头仰望天空，说完，松开手里的枪，在胸口画了个十字后，从怀里摸出一枚手雷。

静止的枪声一下响起。无数子弹同时穿透神父的身体，但每一发都像打在姜泳男身上。

七

江西"青干班"的训练营设在赣州城郊的梨芫村。这里依山傍水，古木参天，像是个远离战争的世外桃源。姜泳男每天在小祠堂前的操场上教授学员们枪械与格斗，有时也会去隔壁的保育院，充当孩子们的保健医生，或是坐在村口的那株老榕树下，为乡亲们义诊。

然而，最难熬的是那些月华如水的夜晚。风贴着西北湖的水面刮过树梢，发出一种狼嗥般的啸声。姜泳男就是在这种凄然的声音里迷上喝酒的，常常一个人沿着古城墙步行到城里，在一家也叫华清池的澡堂里，每次都喝到今宵不知酒醒何处。

自从蒋经国在赣南推行新政，赣州城里的妓院、烟馆与赌坊早已被荡涤一空，就连酒肆也在夜间禁止营业。

这里就像中共的延安。一次对饮时，江若水凑在姜泳男耳边说。

他是南郊机场的英语翻译,在重庆时,曾跟随美军顾问团到访过延安。姜泳男也就是在那个时候与他有过一面之交。这个面目清秀的南方人根本不像名军人。他把机场上的飞行员与机械师带到这里泡澡、喝酒,把他们用飞机私运来的洋酒、香烟与牛肉罐头堆放在后面的地窖里,接着又辟出半间更衣室,砌了个桑拿房,专供留守在机场的美军官兵享用。江若水不仅把澡堂变成了地下的空军俱乐部,也快速地使自己成为这里的合伙人。

有一次,他看着姜泳男独自盘腿坐在角落里,用当地的米酒兑上美国产的伏特加,摇制成鸡尾酒,表情如同是个忧郁的药剂师。江若水一下子想起了自己的许多往事,不禁拿着酒杯坐过来,说,她叫什么名字?

没有名字。姜泳男摇了摇头,往他杯里倒满乳白色的液体,说,我觉得它就是一杯液体的氰化钾。

我说的是你心里在想的那个。江若水夸张地一指姜泳男的胸口,眼睛环顾着屋里那些半裸的男人,说,你看他们,一个个不是想家、想家里的女人,有谁愿意每晚来这里买醉?

我没有家,更没有女人可想。姜泳男碰了碰他的

160

酒杯后，一饮而尽。

江若水跟着一口吞下酒，脸马上涨得通红，张着嘴往外呼了好几口气，才说，这是化学反应。

姜泳男笑了，又摇了摇头，说，是基酒不对，我再也喝不到它原来的味道了。

那就忘了她。江若水以过来人的口气说，找一个新的女人，试试新的味道。

江若水新近的女人是州立中学里的美术教师。南昌沦陷时跟着以画为生的丈夫一路南逃，到了赣州城外，画家失足掉进赣江淹死了。江若水用两双玻璃丝袜与几个美国罐头就把她搂进了怀里。

姜泳男第一次在这个叫淑芬的女人家里见到沈近朱，是江若水刻意安排的一次聚餐。四个人围着八仙桌推杯换盏，话不捅破，却又彼此心照不宣。热恋中的男女总是乐于撮合别的男女，其实只是为了让自己的欢娱里多一对玩伴。

第二次，江若水带着她俩出城踏青。在梨芜村外的树林里野炊时，望着两个女人坐在西北湖边的背影，他由衷地说，抗战夫人也是夫人嘛，她们需要男人，她们更需要得克萨斯的牛肉罐头。

沈近朱是个娇小而不幸的女人。新婚不久，丈夫便随部队开拔，一去不返。两年后，她收到那封阵亡通知书时，刚刚晋升为缉私专员的父亲正因贪赃与枉法受到公审。就在他被押赴刑场执行枪决的当晚，日军的飞机空袭了赣州城。沈近朱是眼睁睁地看着母亲与妹妹被压在一根横梁下活活烧死的。

一天夜里，姜泳男在女人的抽泣声中惊醒，发现沈近朱蜷缩在被子里紧捂着嘴巴，冰凉的泪水早已渗透了床单。姜泳男找不出可以慰藉的话，只能伸手环搂住她。娇小的女人很快知趣地抹干净眼泪，翻身上来。她的性欲从来都是那么的激荡，亢奋中还带着点迁就的意味。

很多时候，姜泳男仰视着这个在他身上驰骋的女人，总觉得自己就是她那个阵亡的丈夫。

淑芬匆匆赶到梨芫村那天，姜泳男正在给学员讲解汤姆森机枪的构造。

江若水被捕了。保安司令部的警卫队昨夜闯进淑芬家里，把他从床上押走的同时，他们还查抄了华清池。淑芬气喘吁吁地说完这些，人已经摇摇欲坠。她使劲抓着姜泳男的衣袖，说，你帮帮他，你是他在这边唯一的朋友。

事实上，江若水自己就曾预料到会有这么一天。他对姜泳男说过，等他再赚到一些钱，就带着淑芬离开这里，找个人迹罕至的地方，去过一种乡野村夫的生活。姜泳男说，过那种日子根本用不着钱。江若水笑了，说战争迟早会结束，他所有的准备都是为了那一天。

可是，江若水再也等不到这一天了。他跟华清池的老板在被捕后的第二天，未经审判就被当众处决，就在澡堂门前的空地上，一颗步枪子弹击得他脑浆四溅。

姜泳男唯一能做的就是替他收尸。雇人把他葬在赣州城外的一处土坡下。

第二天一早，沈近朱去看望淑芬。人还没走进她那间贴满工笔花鸟的屋子，就见大门敞着，淑芬挽着衣袖正在大扫除。江若水的许多遗物都被堆在屋外的廊檐下。

人走茶凉，何况是人死了呢？当晚，陪着姜泳男躺在床上时，沈近朱悲从中来，说完这句话又忍不住落泪了。

姜泳男脑袋枕在自己的双手上，忽然说，你嫁给我吧。

沈近朱一下张开嘴巴,半天才无力地说,算了,我已经嫁过一个当兵的了。

姜泳男想了想,说,那我脱了这身军装。

沈近朱把冰凉的脸埋到他腋下,说,你会被枪毙的。

三天后,他们的婚礼在梨芫村的小祠堂里举行,简单而隆重。到场的除了"青干班"的教员与学员,还有隔壁保育院里的孩子们。最后,婚礼在童声齐唱的《赴战歌》里结束。

婚后的沈近朱辞去州立中学教工的工作,搬进梨芫村,成了保育院里的一名保育员。春天来临时,夫妻俩在他们屋子后面的山坡上开垦了一块荒地,在里面种上各种蔬菜与瓜果。两人吃不完,就用它们跟村民交换糯米,再用糯米在家里酿酒。

只是,姜泳男再也找不到那种烈性的美国伏特加。一滴都没有。江若水死的同时也灭绝了整个赣南地区私贩洋酒这个行当。

一天黄昏,姜泳男显出一种少有的兴致。他亲自下厨,用了许多种蔬菜、辣椒与黄豆酱,再加上一点从湖里捞来的河蚬,用淘米水煮了一锅酱色的汤。

沈近朱从未尝到过这样的味道。隔着桌子,她用一种惊喜的眼神看着丈夫。

这叫大酱汤,以前在老家时,我们每天都喝这个。这顿饭吃到后来的时候,姜泳男第一次对妻子说起他的身世。从他出生的济州岛,一直说到在汉口的岩井外科诊所。

说完这些,天色已经黑尽。沈近朱这才恍若从梦中惊醒,找出火柴,划着。她在跳动的灯火里看着丈夫那双狭长的眼睛,俏皮地说,反正我是你的人。

第二年夏汛时节,赣江河水暴涨,整个"青干班"的师生都被抽调进城,投入防洪抗涝的江堤上时,一个拄着竹杖的男人摇摇晃晃地走进梨芫村,一路打听着,敲开了姜泳男家的门。

沈近朱手把着门框,一直到来人摘下斗笠,才看清他的脸,惊得如同见到了鬼,半天都说不出一句话来。

这个男人就是她死而复生的首任丈夫。他并没有战死,而是被俘了,一直被关在上饶的日军集中营里,后来被押解到江西各地的战场上充当劳工。他以为会像无数同伴那样,死在自己开挖的壕沟里,但是没有。游击队的一场突袭战,解救了他们。男人坐在堂屋的一张板凳上,仰脸张望着魂牵梦绕的妻子,说他在赣州城里已经找了两天。他去过他们当年的家，去过已经烧成瓦砾的他岳父的家，最后才找到州立中学，他都等不及雨停就赶来了。最后，历经磨难的男人流下两行热泪，说，近朱，我最害怕的是我会死在来见你的路上。

沈近朱没有回应。她人靠在一面墙上，却像早已瘫倒在地那样，看上去比男人更加的虚弱。

男人这时站起来，拄着竹杖一瘸一拐地在堂屋里转圈后，走到里屋门口看了一眼，就把什么都看明白了。他拿起地上的斗笠，最后看了一眼沈近朱，一瘸一拐地回到雨里，朝着来的方向走去。

第二天，精疲力竭的姜泳男回到家里，却没能休息。他默默地用冷水洗干净身体，默默地打开他的诊疗箱，与保育院的一名护士一起，在小祠堂的门板上做了一次成功的截肢手术。

原来，男人在回家的路上一直发着高烧，走出沈近朱的视线不久就昏倒在地。村民们把他抬进小祠堂里，扒掉湿透的衣服时才发现，他的一条腿早已血肉模糊，上面长满了蠕动的蛆。

连续下了一个多星期的雨终于停了，天空中挂着一条彩虹。姜泳男让人把男人抬回他的家里，放在他的床上。这天傍晚,他在屋外的空地上生了一堆火,用以烤干那些洗涤后的绷带。在吱吱直冒的汗水里,姜泳男说,我想好了,我把这个家还给他。

这个家不是他的,这个家是我们的。沈近朱说完,眼中闪烁出火焰一样的光芒。她忽然又说,我们离开这里,我跟你回济州岛。

你没发现吗?姜泳男把目光停在沈近朱脸上,说,你就是他的家……你在哪里,他的家就在哪里。

沈近朱眼中的光芒是一点一点变得暗淡的。她默默地起身,步履艰难地走回屋里。

这天晚上,姜泳男整晚都坐在火堆前,一直坐到东方发白,火堆燃成灰烬。

八

姜泳男重返重庆时,整座山城还沉浸在抗战胜利的欢庆中。作为青年军第二〇七师的将士代表,他在军委会门前的广场上受到了委员长的接见。

当晚,离开国防部的晚宴后,姜泳男一路步行来到莲花池街口的那家朝鲜面馆。

店堂里冷冷清清。老板理着小平头,见到一名戎装整洁的军官进来,并没有起身相迎,而是坐在昏暗的灯光里,长久地注视着姜泳男,等到他脱下鞋,在一张矮桌前盘腿坐下,才不慌不忙地起身,去后面的厨房里做了碗冷面,用托盘端着出来。

嫂子呢?接过筷子时,姜泳男用母语说。

她带孩子去上海了……终于可以回国了,有很多事得先行准备。姜泳洙在桌子对面坐下,摸出一包烟,抽出一支,点上后,静静地看着弟弟呼呼吃面的样子,想起了他们在济州岛的成长岁月。

总算又吃到哥哥做的面了。姜泳男连碗里的汤都喝干净后,一抹嘴巴,感慨地说,我以为,我是活不到今天的。

姜泳洙从烟盒里又抽出一支烟,说,既然我们都活着,就一起回家吧。

姜泳男点了点头,从不抽烟的他也跟着从烟盒里抽出一支。兄弟俩一起点上后,面对面地盘腿坐着,那么多要说的话,都在此刻化作了一口一口吞吐出来的烟雾,在狭小的店堂里弥漫,飘散。

起身离开时,姜泳洙把他送到门口,扭头看了眼店堂角落里的一张餐桌,脸上露出一种欲言又止的表情。

姜泳男笑了,说,你想说什么?

姜泳洙也跟着一笑,摇了摇头,说,这么多年了,就像做了场梦。

一下子,姜泳男有种要拥抱哥哥的冲动,但他忍住了,只是一拍他的胳膊,转身出了面馆。可是,就在他转过街口,一辆停在路边的轿车大灯一闪,车门开了。

不苟言笑的严副官下车后,并没有说话,而是动作麻利地拉开后车厢的门。

这辆车我来的时候就在了。姜泳男坐进车里后，说，你怎么知道今晚我会来这里？

我怎么会知道。严副官手把着方向盘，说，先生怎么吩咐的，我就怎么执行。

汽车很快穿过主城区，停在嘉陵宾馆门口。这里至今仍是重庆最好的酒店，入住的每个人都有显赫的身份，但郭炳炎并没在他的套间里。姜泳男安静地坐在沙发里等了会儿，才见他匆匆推门进来，极为罕见地穿着他的少将制服，嘴里还喷着酒气。显然，他是刚刚结束了一场盛宴。

八年来，这是我第一次喝那么多酒。郭炳炎没有在意姜泳男起身行的军礼，忙着沏了两杯茶后，靠进沙发里，举目打量着这位曾经的下属，说，我以为你一回重庆就会来见我。

姜泳男直挺挺地站着，把许多想要脱口而出的话，重新咽回肚子里。

郭炳炎伸手示意他在旁边的沙发坐下后，看着他佩戴在胸前的那枚忠勇勋章，略带感伤地说，一寸山河一寸血，你是从松山战役的死人堆里爬出来的……可你就算真的死了，你也是中统的鬼。

姜泳男一下站起来，不由得说，是。

郭炳炎笑了。他用一种笑眯眯的眼神审视着姜泳男，说，这些年里，你一定觉得组织抛弃了你……让你去武汉执行的任务，是我对你的惩处，是我在借刀杀人。

姜泳男站得笔直，毫不犹豫地说，是。

郭炳炎收敛起脸上的笑容，俯身拿过自己那个茶杯，对着杯沿吹了好一会儿，才说，你以为朴神父会平白无故地为你去死吗？说完，他抿了一口茶，又说，信仰终究还是抵不过亲情……他背负的十字架就是他的私生子……那个孩子后来由组织出资送去了美国，明年就该从弗吉尼亚大学毕业了。

在姜泳男将信将疑的眼神中，郭炳炎脸上重新恢复笑容。再次示意他坐下后，两个人一下变得热络，如同久别重逢的战友，话题从姜泳男离开赣南调任到青年军开始，一直说到他率部在缅北地区的芒友与盟军会师。

短暂的沉默后，郭炳炎像是感到累了，用手使劲地搓了搓脸后，说，你什么时候走？

姜泳男说，师部的命令是让我暂留在新六军的驻渝办事处。

我刚刚参加了为金九送行的晚宴,他三天后就会动身回国。郭炳炎不动声色地看着他,说,只要你没脱下这身军装,你走到哪里都是个逃兵。

我没有回国的打算。姜泳男一下觉得身体里的血液都快凝成了冰。

看来,你真的已经不信任我了。郭炳炎的面容变得有点哀伤。他从军服的内袋里摸出一个信封,抽出里面的一张退役文书,展开,放在茶几上,说,这是我为你准备的,签上名字,光明正大地走。

姜泳男冰冷的血液瞬间在体内沸腾,却不知道该说什么好。

这时,郭炳炎又笑了,又从那个信封里倒出一张照片,说,这是你在中国最后一个任务。

姜泳男一眼认出照片里穿着警服的人是杨群。他仰起脸,说,我的任务在离开武汉时就已经结束。

你是离开组织太久了。郭炳炎目光一下变得阴沉,说,你是忘记了我们的规矩。

战争结束了。姜泳男迎着他的目光,说,先生,您也应该改行了。

只要还有人威胁到这个国家,我的战争就不会结束。郭炳炎说完,两个人一下都沉默了。过了会儿,他

172

伸手端起茶杯,那就是送客的意思。姜泳男知趣地起身,最后行了个军礼。郭炳炎却像什么都没发生过那样,靠进沙发里,说,令兄曾是他们临时政府的死士吧?

姜泳男一愣,说,是。

他是个幸运的人……太太温良,女儿可爱。郭炳炎由衷地说,男人有了这些,夫复何求呢?

姜泳男几乎是一路狂奔着闯进莲花池街口的朝鲜面馆。大堂里灯火依旧昏暗地亮着,只是哥哥已经不在。等他再回到嘉陵宾馆的那间套房,里面整洁得如同从未有人入住过。

每天早上,杨群都会站在窗帘后面看着唐雅远去的背影,然后收回目光,开始观察马路对面的每扇窗户与楼下经过的每个行人。自从升任分管保安的警政副司长,他的每天都过得如履薄冰。尤其到了夜里,躺在心爱的女人身边,总觉得自己会就此长眠不醒。

这天,他在窗帘后面注意到那辆停在街角的美式吉普,拿过望远镜观察了好一会儿后,有过一阵短暂的发呆,但随即像是来了兴致。杨群取出他那把勃朗宁手枪,重新上了遍枪油,仔细地擦干净后,去卧房里脱掉西装,换上他的警监制服,提着公文包出门。

秘书早已等在公寓门外。他接过杨群的公文包的同时，拉开轿车后座的门。杨群却一把将门推上，拉开副驾驶一侧的车门，坐进去后，说，上午我不去司里了。

说完，车门砰的一声被关上。轿车绝尘而去，把年轻的秘书孤零零地扔在路边。

司机跟随杨群已多年，同时也是他的保镖。见长官沉着脸不出声，他更不敢多言，只顾沿着马路往前开。在城里兜到第二圈时，杨群看着后视镜，终于开口，说，我们去天灯巷。

姜泳男就是沿着天灯巷的石阶一路追踪而上的。杨群却像是在引诱他，始终在那些潮湿的街巷间忽隐忽现地前行，直到钻进一个石库门洞。然而，当姜泳男掏出腰间的左轮手枪进入这个门洞，见到的却是两个从不同方向瞄准自己的枪口。

司机收缴了姜泳男的枪，再给他戴上手铐后，杨群从隐身的一垛墙后面出来，笑呵呵地说，我自己都没想到，会抓你两次。说完，他扭头吩咐司机：你去车里等我。

司机有点放心不下，但很快在杨群的逼视下，收起手枪，转身出了石库门。

姜泳男被押着进入堂屋后面的一间密室。在亮起

174

的灯光里,他看到整面墙上贴满了各色的剪报,都是些政府官员、商人与社会名流在重庆被暗杀的报道,有的还配着照片。

我知道,你们杀人是从来不问为什么的。杨群用手枪指了指一张板凳,看着姜泳男坐下后,从书架里抽出一本皮质封面的笔记本,扔进他怀里,说,但这一次,我得让你死个明白。

原来,这是本刑侦记录,里面记载的都是唐雅近两年来的行踪。姜泳男翻了没几页,就看到唐雅除了常去 White Night 酒吧,有时竟然还会出现在莲花池街口的朝鲜面馆。他一下就记起三年前,曾对她说过:你不用管我,你到了那个地方,就会有人送你离开重庆。

姜泳男忽然有种莫名的惆怅。他抬头看着杨群,说,你想让我明白什么就直说吧。

你的心太急了,才会让我抓你两次。杨群朝墙上那些剪报抬了抬下巴,说,慢慢来,你要用心看才会有所发现。

姜泳男重新翻开笔记本,对照着贴在墙上的那些剪报,很快注意到墙上好几起命案发生的当时,唐雅都会出现在事发地点或是附近。

警察当久了,猜疑就成了习惯。杨群这时已经坐进美式书桌边的那张椅子里，一手握着枪，一手夹着香烟，毫不隐讳地说他对唐雅的跟踪由来已久，从他们第一次在一起时就开始了。他总是觉得这样一个年轻漂亮的女人不该属于他，越这么想，就越想彻底地拥有她。他曾经无数次地看着唐雅跟陌生的男人饮酒作乐，醉到不省人事，但又无能为力。有时，我真想杀了她。杨群说这话时的目光是那么的平和与宁静，他说，可人一旦死了，我们能剩下的就只有回忆了。

这些跟他们的死没有一点关联。姜泳男指了指墙上的剪报，终于打断他的话。

杨群愣了愣，扔掉烧到手指的香烟后，人也在瞬间恢复常态。他起身，推开一个柜子，打开嵌在墙壁里的保险柜，取出一沓照片，递到姜泳男手里说，现在有了吧？

照片是唐雅在不同地点与严副官见面的场景，后面都注有时间与地点，其中有几张还是仰拍的。画面里，一支狙击步枪的枪口正从楼上的窗口伸出，倾斜着瞄向远方。

你的旧长官招募了她……应该是在我第一次抓捕你之后。杨群说着，又从保险柜里取出两页名单，说，看完它你就会发现，这里还有一个更大的秘密。

这份名单里不仅有被杀的那些人,更多的是还活着的。他们的大名,姜泳男大部分都有耳闻,有两位三天前就站在委员长接见他的仪式上。

你一定还记得那个叫安德森的武官。杨群用握着枪的手在姜泳男眼前虚晃了一下,又换了种语调,说,这就是他的安全屋。

说完,他重新坐回那张椅子里,拿过桌上的半瓶威士忌,倒了些在杯子里,说安德森被杀事件虽然早已经结案,可这些年里,他一直没有停止过调查,仅仅是出于职业的兴趣。他就是在调查中发现这间安全屋的。而且,安德森人死了那么久,这里一直没有人进来过,就足以证明,这个地方在美国领事馆里根本没有备案,直到他在墙上的保险柜里发现了这份名单。

杨群深深地抿了口酒,望着那整排的书架,又说,我整整花了小半年的时间,对照了这里的每一本书,才破译出这两页名单。

姜泳男心里一动,说,你是说……名单原件用的是无限不重复式密码?

这就是母本。杨群拿起那本被随意扔在书桌上的英文版《哈姆雷特》,说为了把英文转换成汉语,他分头请了几名外语教师,又花了一个多月时间。

姜泳男说,那你得出的结论呢?

杨群想了想,说,你有没有听说过太平会? 这个据说可以掌控国家的秘密组织,最早兴于清末的教徒中间,由沿海地区的一些商人与小官吏组成,为的仅是在经商时互通有无。姜泳男当然听说过,但那仅仅只是传说。杨群却深信不疑。他一边喝酒,一边说这两年里,他暗中调查了这份名单上所有的人,他们身处各个部门,各行各业,但都有一个共同点——他们都是教徒。最后,杨群说,我可以断定,你的旧上司还有另一个身份……就是这个组织里负责清理门户的大司刑。

你把我引到这里,就是为了告诉我这些? 姜泳男脸上挂着冷笑,说,你应该做的是立案调查。

这份名单没头没尾,应该是一本名录中的两页。杨群摇了摇头,起身走到姜泳男面前,说,我怎么知道,我的上司们不在那份名册中呢?

那你怎么确定我不在那份名册中?

你还不够资格,你只是他们杀人的工具。杨群说完,把举着的手枪顶在他额头,却迟迟没有扣下扳机。他徒然地垂下手,叹息般地说,我要杀你,又何必跟你说那么多呢?

姜泳男却在这瞬间出手。用他戴着手铐的双手，一招夺过杨群手中的枪。

但是，杨群并没有流露出多少的惊讶与慌张。他只是失望地看着迎面的枪口，说，我只想让你带她走，就像你们三年前想做的那样……别让她葬送在这潭浑水里。

我知道。姜泳男面无表情地说。

那你更应该知道，刺杀一名警政副司长的后果。杨群说，跑得了和尚，跑不了庙，你迟早会被灭口的。

这个，姜泳男也知道。在他一路追踪来到这里的途中，始终有辆黑色的轿车尾随着他的吉普。那个人，也许此刻就等在门外的院子里。

杨群一直要到姜泳男垂下手中的枪，才掏出钥匙打开他的手铐。两个人忽然变得亲密无间，并肩在那张板凳上坐下。杨群点了支烟，默默地抽到一半时，冷不丁地说，很多时候，她躺在我身边，我都能感觉到你就睡在她的另一边。

姜泳男一愣，扭头看着他。

杨群竟然笑了，起身，一拍他的肩膀，说，走吧。

姜泳男摇了摇头，说，只怕，我们谁都出不去了。

杨群想了想后，毫不犹豫地拉开门，走出密室。走到堂屋的门口时,他等了等姜泳男,说,伸头是一刀,缩头也是一刀,这一步,我们都得跨过去。

说完,他拉开门,刚跨出门槛,就被一颗迎面飞来的子弹击穿额头。

严副官在远处教堂的钟楼上一拉枪栓,退出弹壳。等他再次瞄准时,步枪的瞄准镜里已不见了姜泳男的身影。

九

唐雅在中央医院的殓房里见到杨群的尸体时，还没来得及换掉身上的警服。站在发电机的嗡嗡声里，她面如白纸，恍惚得如同刚从梦中醒来。

现任的保安处处长是杨群一手提拔的。他脸色沉痛地接过随从递上的一份通缉令，交到唐雅手里，说，唐小姐请放心，部长已经敦促军方封锁全城了，凶手绝对跑不掉。

通缉令上赫然印着姜泳男的军容照。

夜深后，保安处处长亲自驾车送唐雅回去的一路上，到处是设岗盘查的军警。车到公寓大门口，他犹豫了一下，说，刚才接到电报，杨太太已到福州……明天一早，她会搭乘邮政专机来重庆。

唐雅没有出声，木然地推门下车。可是，当她进到家里，打开电灯，见到的却是满屋狼藉，就连许多楼板都已经被撬开,露出积满灰尘的夹层。唐雅只环视了一眼,就转身进入洗漱间,在水池里放满凉水后,一头埋了进去,就像在自溺那样,直到一个身影出现在上方的镜子里。唐雅一下直起身,哗地带起一片水花。

姜泳男穿着一身脏兮兮的粗布工装。他摘下帽子,张了张嘴,却没能发出声音来。

唐雅看了他一眼后,从架子上抽了条毛巾捂在脸上,出了洗漱间,站到客厅就有点无处下脚了。

姜泳男在她身后,说,他们应该是在找一份名单的原件。

你也是为这个来的。唐雅擦干之后的脸色显得异常冷峻,而更凛冽的是她转身注视着姜泳男的那道目光。

姜泳男沉默了会儿,说,他要我带你走,带你离开这潭浑水……这是他的遗言。

唐雅愣了好久后,发出一声冷笑。她甩手把毛巾扔在地上,转身去了卧房。

姜泳男在昏黄的灯光下孤零零地站了会儿,从口袋里掏出那支勃朗宁手枪,放在桌上,就在他转身走向门口时,唐雅的声音从他身后传来:你别走,我要知道真相。

天快亮时，一辆警车拉着警笛从外面的马路上驶过。姜泳男坐在地板上，头枕着床沿，说，他知道自己必死无疑……他至死都要把你从这条路上拉回来。

我的路，我自己会把它走到头的。唐雅和衣躺在床上，就像在叹息一样，说完后，闭着眼睛。过了很久，她忽然说起了那家叫 White Night 的酒吧。它在日军的一次空袭中被炸毁，与它一起埋葬的还有那位双目失明的黑人乐师。重建之后，那里换了老板，现在改名为"记忆咖啡馆"，但卖的仍是各色各样的洋酒，招待的还是那些夜不能寐的男人与女人。唐雅说，后来，他们真的把那款自制的鸡尾酒叫成了"氰化钾"，可惜那个调酒师回国了，再也没人能调出那种火辣的味道了。

说完这些，两个人都沉默了。他们在黑暗中静静地等到天光渐亮，等到马路上有了人声，渐渐地喧闹起来。

姜泳男起身准备离开时，唐雅从柜子里找了身杨群的便服，往梳妆台上一放，一言不发地退出卧房，走到杨群生前常站的那扇窗户前，隔着窗帘出神地望着外面的马路。过了好一会儿，姜泳男走出卧房，手里紧攥着那枚从未离过身的银圆。

唐雅背对着他，说，你应该有个预案，万一出了意外怎么办?

死也是一种回家的方式。姜泳男说着,走过去,从后面拉住她的手,一直把她拉到转过身来,将攥在另一只手里的那枚银圆放进她手心。

唐雅用她猫一样滚圆的眼睛问,这是什么?

氰化钾……这是杀手留给自己最后的礼物。姜泳男说完,松开那只手,两个近在咫尺的人一下像隔出了千山万水。姜泳男看着她那双被睫毛覆盖的眼睛,惨淡一笑,说,如果不是它,我的人生不是这样的……你的也不会是。

唐雅却一下子想起了他们在汉口码头上的分别时刻。一直待到姜泳男离开很久,才慢慢地转过身去,哗地拉开窗帘,推开窗户,手把着窗栏,一动不动地俯视着喧闹的大街。唐雅又想起那天,他就站在岸上的人群中转身回望,穿着一身崭新的日本医官制服。

几个小时后,载有韩国临时政府成员的客机准时起飞,但姜泳男并没能登上飞机。在前往九龙坡机场路上,他被一队临检的军警捕获。

当晚,突击夜审到第二轮时,换班的预审官捧着一份卷宗进来,还没问上两句,就取出几张照片,走到姜泳男面前,说,你看清楚,想明白了,老老实实地交代。

照片显然刚冲洗出来不久，一捏就留下一个手印，上面是姜泳洙排队走出虹桥机场的门口，人群中站着他翘首企盼的妻子与女儿。姜泳男长长地吐出一口气，说，你们国民政府也讲究连坐了吗？

预审官摇了摇头，说，他们什么时候走，怎么个走法，都取决于你的供词。

两个月后，重庆地方法院当庭宣判，以谋杀罪判处退役军官姜泳男死刑，择日执行。

为了欢度即将来临的春节，记忆咖啡馆的顶棚上垂挂着许多红灯笼，不中不洋的，却透着一种别样的喜庆。只是，夜还没有足够的深，大厅里显得有点宾客寥落，只有一名年轻的琴师在反复弹奏着一首钢琴曲。

唐雅坐在吧台前的一把高脚椅上，神情专注地把伏特加与涪陵米酒倒入调酒器，用力地摇成乳白色的液体。然后，一杯杯地灌进自己的喉咙。以至于老金坐到她身边时，她的眼睛已经开始有点发直了。

你这是干吗呢？老金看她的眼神还是那么的痛心，说，有什么话不能在办公室里说嘛。

你尝尝看,我怎么就是喝不出以前的味道了。唐雅说着,倒了一杯,推到老金面前。

老金稍稍抿了口后,说,那是你的口味变了。

唐雅愣了愣,仰脸看着顶棚上那些红灯笼,说,我记得你以前说过,有人在刑场上救下了死囚。

老金也一愣,忙一摆手,说,那是摆龙门阵嘛,瞎扯的。

唐雅摇了摇头,一口喝下杯中酒,说,不是瞎扯,我相信是真的。

真的那也是以前了。老金说,你知道的,上场那么多的眼睛盯在那里呢。

我出双倍的价钱。唐雅说着,又从调酒器里倒出一杯,一口吞下后,眼里就蒙上了一层雾。那些钱都是杨群分期、分批留给她的,存在中国银行她的户头上。原来,他早就等着这一天了。他什么都为她准备好了。

再多的钱也办不成。老金轻轻地推开酒杯,说,现在头顶上没了日本人的轰炸机,这日子一太平,要钱不要命的人也少了。

唐雅一把按住他的手,用另一只手拿过调酒器,往他的杯中加满酒。

老金眯起眼睛,说,你这是干吗?

第二天,唐雅在旅社的床上醒来,昏昏沉沉的。老金还在沉睡,打着呼噜。重庆的天空中极为罕见地飘起了雪花。她赤条条地站到窗前,一动不动地凝视着那些沾在玻璃上的雪花,直到它们在眼中模糊成一片时,唐雅整个人已跟空气一样冰凉。

两天后,整座山城都覆盖在薄雪之下。一辆囚车从缓缓开启的铁门中驶出,沿着泥泞的山路蜿蜒前行。

一路上,随着车体的晃动,车厢里只有一片镣铐发出的碰撞之声。唐雅目不转睛地望着坐在她对面的死囚。姜泳男显然刚刚刮过脸,看上去那么的洁净与苍白,嘴角似乎还挂着一丝只有她能看到的笑容。

他们从未这么长久地彼此凝望过。在昏暗而摇晃的囚车里,他们都想起了他们在人生中的每一次相遇……

囚车在歌乐山下的刑场停稳,唐雅一下像是从梦中惊醒。她趁着开门下车的间隙,凑到姜泳男耳边,说,记住,听见枪声你就倒下。

监刑的法官验明正身后,姜泳男被押到一块早已扫除了积雪的空地上。法警蹲下身,把他的脚镣锁在一根木桩上。老金这时走到唐雅面前,接过她手里的步枪,拉开枪栓,检查完枪膛后,把一颗空包弹填了进去,哗的一声,推上枪栓,交还到唐雅手里。

预备……发令官高举起手里的那面令旗时,唐雅缓缓地举起步枪。隔着准星,她第一次发现,姜泳男的整个人是那么的模糊。这时,发令官猛地挥下令旗,说,放。

枪响了。但是,姜泳男没能听到就一头栽倒在地。他被一颗来自对面山坡的子弹击中后脑,血与脑浆溅了一地。

唐雅愣住了,远远地望着那些渗入黄土的鲜血,好久才明白过来。她扔掉手里的步枪,就像疯了一样,扭头就往他身后的山坡上狂奔,一路手脚并用,跌跌撞撞,满面泪水,直到冲进那片小树林。

然而,她找遍小树林,都没能找到那枚她想象中的弹壳。在急剧的呼吸中,她只在薄薄的积雪中发现了一行皮靴的脚印。顺着那些脚印,她很快走出树林,在路边见到了两条远去的轮胎印迹。

当严副官拿着那枚弹壳来复命时,天空中又开始下雪。郭炳炎长久地站在庭院中,在隔壁寺庙的诵经声里,飘落在他脸上的雪花一点一点地融化,就像沾满泪水那样。他仰着脸,望着雪亮的天空,喃喃地说,我认识他时，他还是名军医……我把他领上了这条路，又把他送进了坟墓。

严副官有点惶恐，站在郭炳炎身后，很久才想起一句不知是谁说过的话——特工最好的归宿，就是被一颗不知道来自哪里的子弹击中脑袋。

当晚，唐雅照常去参加了行刑人员的聚会，用最烈的酒洗刷身上的血腥之气，直到一语不发地把自己灌得酩酊大醉。但是，她却在老金搀着前往旅社的途中一下清醒了，倚在他怀里，用那支勃朗宁手枪顶在他的下腹，就像一对在积雪的墙角窃窃私语的情侣，直到问出那辆进入刑场的汽车。

我也是为你着想嘛，我还得为兄弟们着想嘛。老金仍用他那种痛心的眼神看着唐雅，说，劫法场，那都是戏文里唱的。

唐雅无力地松开紧抓着他大衣的手，人靠在墙上，无力地说，我早该想到……你也是他们的人。

我们都是自己人嘛。老金说着，犹豫不决地还想把脸凑上来。

唐雅轻轻扣动扳机，枪声沉闷地响过后，老金惊讶地睁着眼睛，好一会儿才想起伸手往自己的两腿间一摸。老金是在看到一手的鲜血后瘫倒在地的。

这时，远处升起一串焰火，把寂静的夜空照得五光十色。唐雅忽然记起，明天就是除夕了，是这一年中的最后一天。

尾 声

一九四六年五月五日，国民政府在南京的中山陵举行了盛大的还都典礼。郭炳炎却选择在这天来到城外的栖霞寺度过他的斋戒之日。傍晚时分，当住持亲自把他送到山门外，只见一名瘦弱的小沙弥双手捧着托盘，直挺挺地恭候在台阶上。

托盘里只放着一枚银圆。

郭炳炎在拿起银圆的瞬间变得警惕。严副官与随从们也跟着紧张起来，一个个摆开姿势，把手伸进怀里，但他们的四下只有暮色中的山林。

这是一位女施主留下的。小沙弥这时怯生生地说，她说，她要物归原主。

郭炳炎双指用力一捻，滑开银圆，就见到了里面那片封在薄蜡中的白色片剂。枪声就在此刻响起，子弹穿透郭炳炎的头颅，将他击倒在台阶上的同时，山林间无数的鸟雀被惊飞,扑啦啦地冲向天空……

半个多月后,唐雅带着姜泳男的骨灰来到济州岛。穿过大片正在收割的麦田,她一路走到海边,走进一个渔村时,就见姜泳洙带着妻子与女儿已经等候在他们的旧居外。他们身上都穿着传统的朝鲜服饰。

姜泳男终于被安葬在他的故乡,在他父母的身边。

等到所有的人都知趣地离开,唐雅从随身的行囊中取出一瓶美国的伏特加,还有产自涪陵的米酒,调酒器、子弹杯,一样一样摆开在墓碑前,开始调制那款叫氰化钾的鸡尾酒。她席地而坐,一边摇酒,一边惊喜地说,我又见到那个调酒师了,原来他没有回国,他在上海开了一家自己的酒吧……我终于知道,我为什么再也品不出那种火辣的味道……原来,我在这里面一直少放了一味盐。

说着,她把乳白色的液体倒进子弹杯,就像姜泳男同样盘腿坐在她面前,在陪着她对饮那样。她滚圆的眼睛里折射着太阳一样温暖的光芒。

唐雅又见到了那个在人群中转身向她回望的男子。